JM117805

国際歳時記

International Saijiki
Saijiki international

春

Spring
Printemps

向瀬美音 編
Mine Mukose

朔出版

国際歳時記　春

International Saijiki　Spring

Saijiki international　Printemps

＊各季語については、日本語、英語、フランス語の順に、例句については、
　作者の母国語と日本語訳を記した。

I put kigo in alphabetical order in Japanese, English and French. The
examples of Haiku are classified by language and Japanese translation.

J'ai mis les kigo par ordre alphabétique japonais, anglais, français. Les
exemples de Haiku sont classés par langue et traduction japonaise.

序　季語の力

　向瀬美音さんの新たな著作物が出ようとしている。日本語、英語、フランス語等といった多言語を駆使して、再び美しい本が出されようとしている今、あらためて気付くのは、外国語で詠まれた俳句では今までとかく軽視されがちだった「季語」の存在だった。

　日本語以外の言語で詠まれた HAIKU の場合、重視されるのは主にシラブルやその内容である。本家であるはずの日本の俳句における特に季語のあり方は、今まで一向に顧みられることがなかった。しかし、機関誌「HAIKU」及び美音さんの活動を通して、「インターナショナルな場で、やっと季語が論じられるようになったか」という感動を私は語らずにはいられない。

　俳句を考える際、避けて通れないのは「季語」の問題である。ときに無季容認派は「季語を入れなければいけないなどと制限をもうけるのはおかしい。俳句はもっと自由な詩のはずだ」と攻撃してくる。それは、たとえば法令のように「これをしてはならない」「こうしなければならない」「これをしたならば罰せられる」といった文言が、俳句にかかわる文書や各俳句の協会の規約などには一切書かれていないことをもとにしているのかもしれない。

　罰則規定がなく、たとえ無季俳句を詠んだからといって誰に迷惑をかけるわけでもない中で、「季語がなければならないなどといわれたくない」と主張したくなる気分はわからないでもない。しかし、俳諧の時代から現在に至るまでのこの十七音の歩みを思うとき、「な

2

ぜ、季語が重視されてきたのか」を振り返って考える必要があろう。すなわち、季語はその意義もわからぬまま、上（と思われる人）から押し付けられたものではなく、世界で最も短い詩とされている俳句にとってかなり重要なものであったということを。

「日本は四季の変遷がはっきりしているから」

「俳句は四季の移り変わりを詠む詩型だから」

「とにかく季語はありがたいものだから」

　といったことが、俳句に季語が必要とされている理由に挙げられがちである。このどれも一応は納得できそうだが、それぞれ少しずつ物足りない。それぞれ、「なぜ季語が俳句を詠むうえでの約束のようになったか」を語ってくれないからだ。

　ここで、連歌、俳諧、俳句で「季の詞」と呼びならわされてきたことばを思い出す。いわゆる季感をあらわすために詠み込まれてきたことば達である。連歌や俳諧では、五つの景物、すなわち「雪」「月」「花」「ほととぎす」「紅葉」を特に情趣あるものとして大切にしてきた。これらは後に第一級季語として、俳句において引き続き存在感を示し続ける。ただ、「ほととぎす」は、人間側の生活環境の変化ゆえか、いささか印象が薄れてしまった感があるのは否めないが。

　お隣の分野といわれている短歌では、その作品の傾向をこと細かに分けることが行われている。「社会詠」「職場詠」「機会詠」「自然詠」「相聞」など、一首の内容によって分類することが近年では目立っており、季節にかかわることばの有無など、ほとんど議論にもならない。

　それに対し、俳句は「有季か」「無季か」のたった二つの分類の仕方しかないといってもよい。内容がどうであるとか、個人に立脚

しているかとか、社会とのつながりが太いかなどは関係なく、季語の「有」と「無」、それだけが俳句を分ける基準になっている。そして、有季と無季のどちらが優れているかを判断するというよりも、作品それぞれの価値によって残すべき句かどうかがゆっくりと決められていっているようだ。

　季語は、遠い昔に決められた約束事にも似た性質を持つが、一方で「自分がそこにたしかにいた証明」でもある。一年前の桜を懐かしがっても、そこに桜はない。自分もいない。夏のさなかに秋の紅葉を想像してわくわくしたとしても、はっきりいって取り越し苦労に近い。さらに、学生の初心者にありがちな「夏になり冬の寒さが懐かしい」「冬になり夏のアイスが懐かしい」などといった句を見ると、この人の心や現在はいったいどこにあるのだろうと思ってしまう。

　今、ここにたしかに自分がいるという証明書、それが季語である。過ぎ去った自分と出会いたがるのではなく、まだ見ぬ未来に恋い焦がれるのではなく、たしかなる今、私はここにいて目の前の季語で一句詠もうとしている。それこそが、季語は生ものだということを証明するよすがとなろう。

　これは余談に近いかもしれないが、かつて無季の名句をものしたかたがたの晩年の作品は案外さびしいものだったように思う。無季俳句には手本がないため、つねに手探り。類想であるとか、つきすぎ、離れすぎといった俳句にありがちな議論のはるか外で、一人ぼっちの創作活動が各俳人の最期まで行われていた。もちろん、創作は孤独な営為であるから、誰かとつるむ必要など全くない。しかし、季語や季題を生涯の指針として、超高齢となるまで淡々と句を詠み

続ける大先輩のかたがたを見るにつけ、一方で無季を選んだ人達の勇気に頭が下がるのはたしかである。

　季語なしで句をつくり続けるのは、歳時記を頼って詠み続けるよりも茨の道である。ただ、そのことが案外議論されていない。無季の道は、拘束に見えない拘束を孕む。なぜなら、「季語に頼らず、自分の考えを前面に押し出す」という、短詩型にとってかなり過酷な選択を迫るからだ。そこから名句はとても生まれにくい。

2019 年 11 月

櫂　未知子

Preface   The power of Kigos

A new book of Mine Mukose has been published. Once again a beautiful book with Japanese, English, French and Italian is edited.

Here I notice again the importance of Kigo, which we have almost ignored in HAIKU written by foreign languages.

As for HAIKU written in other languages than Japanese, we attach importance to syllables or the content. The importance of Kigo like in Japanese HAIKU was never discussed.

But thanks to [HAIKU] and the activity of Mine, I cannot help expressing my deep emotion that finally we arrive to the stage where we can talk about Kigo in international HAIKU world.

We cannot discuss the HAIKU without considering the importance of Kigo.

Some groups, which ignore Kigo criticize that it is uncomfortable to oblige to use Kigo. HAIKU must be a free poem. This critic comes from the fact that there are no regulation written in each haiku association.

I can understand their insistence to say that nobody should be troubled if we write HAIKU without Kigo.

But when we think of the development of this 17 syllables poem from Muromachi period to now, we have to think about why Kigo has been respected. We have to think that Kigo has been a very important element in the shortest poem of the world.

[Japan has clearly a seasonal change]
[HAIKU is the poem of seasonal change]
[Kigo helps us to make HAIKU]

There are reasons for the importance of Kigo, but these comments don't satisfy me. They don't tell why Kigo becomes the key word of HAIKU.

Here we remember the seasonal core words, [snow][moon][flower][little cuckoo][autumn leaves] as emotional elements. They are the first category of Kigos.
In Tanka, we divide more in detail: [social][workplace][occasion][nature][love] recently, but as for seasonal words, it is no use to talk about.

On the contrary HAIKU categorizes only with Kigo or without.
Without thinking about the content, only we categorize HAIKU with [Kigo] or [no Kigo]

Kigo has a nature, which resemble the key words but on the other side, [the proof that I am certainly here]. If I missed the cherry blossom last year, this cherry blossom is not any more here and neither I. In summer if we imagine the red maple, it is not present now.

And when I see the HAIKU like [I miss the cold winter when the summer arrives][In winter I miss the ice-cream of summer], I wonder where are the hearts of these people and where is their present now.

The proof that [I am certainly here] is Kigo. Not desiring to encounter our past nor hoping for the future.
Now I want to write a HAIKU here and with the Kigo which is in front of me. Kigo is fresh and raw.

Continuing to make HAIKU without Kigo is treading thorny path.
Much more than relying on Saijiki. Also we don't discuss well about it.
Althought HAIKU without Kigo gives us an impression of freedom, in fact HAIKU without Kigo has a big restricition. Because [not relying on Kigo and express own thought] must be a cruel choice for the shortest poem. From this step no excellent HAIKU was born and will be born.

November 2019

Michiko KAI

Préface   La force des Kigos

Un nouveau livre de Mine Mukose est publié. Une fois encore, c'est un beau livre en japonais, anglais, français et italien.

Ici, je remarque à nouveau l'importance de Kigo, que nous avons presque ignorée dans HAIKU.

En ce qui concerne HAIKU écrit dans des langues autres que le japonais, nous attachons de l'importance aux syllabes ou au contenu. L'importance de Kigo comme dans les HAIKU en japonais n'a jamais été discutée.

Mais grâce à [HAIKU] et à l'activité de Mine, je ne peux m'empêcher d'exprimer ma profonde émotion à l'idée que nous arrivons enfin au stade où nous pouvons parler de Kigo dans le monde international de HAIKU.

Nous ne pouvons pas discuter du HAIKU sans considérer l'importance de Kigo.

Certains groupes qui ignorent Kigo critiquent le fait que c'est inconfortable d'obliger à utiliser Kigo. Le HAIKU doit être un poème libre. Cette critique vient du fait qu'il n'y a pas de règles écrites dans chaque association de HAIKU.

Je peux comprendre leur insistance à dire que personne ne devrait être inquiété si nous écrivons des HAIKU sans Kigo.

Mais lorsque nous pensons au développement de ce poème de 17 syllabes de la période Muromachi à ce jour, nous devons réfléchir à la raison pour laquelle Kigo a été respecté. Nous devons penser que Kigo a été un élément très important du plus court poème du monde.

[Le Japon a clairement un changement de saisons]
[HAIKU est le poème du changement de saisons]
[Kigo nous aide à écrire des HAIKU]

L'importance de Kigo a des raisons, mais ces commentaires ne me satisfont pas. Ils ne disent pas pourquoi Kigo devient le mot clé de HAIKU.

Nous nous souvenons ici des mots de base saisonniers, [neige] [lune] [fleur] [petit coucou] [feuilles d'automne] en tant qu'éléments émotionnels. Ils sont la première catégorie de Kigos.
Dans Tanka, nous allons plus en détail : [social] [lieu de travail] [occasion] [nature] [amour] récemment, mais comme pour les mots saisonniers, il ne sert à rien d'en parler.

Au contraire, on catégorise les HAIKU uniquement avec Kigo ou sans Kigo. Sans penser au contenu, nous classons seulement le HAIKU avec [Kigo] ou [sans Kigo]

Kigo a une nature qui ressemble aux mots clés mais d'un autre côté c'est [la preuve que je suis certainement ici]. Si j'ai raté les cerisiers en fleur l'année dernière, les cerisiers en fleurs ne sont plus ici maintenant et moi non plus. En été, si nous imaginons les feuilles d'érable rouge, elles ne sont pas présentes maintenant.

Et quand je vois les HAIKUs comme [Il me manque le froid de l'hiver quand arrive l'été] [En hiver, les glaces de l'été me manquent], je me demande où sont les cœurs de ces personnes et où se trouve leur présent maintenant.

La preuve que [je suis certainement ici] est Kigo. Ne désirant pas rencontrer notre passé ni espérant pour l'avenir.
Maintenant, je veux écrire un HAIKU ici et avec le Kigo qui est devant moi.
Kigo est frais et brut.

Continuer à faire du HAIKU sans Kigo est un chemin épineux.
Bien plus que de compter sur Saijiki. Malheureusement nous discutons peu sur cela.
HAIKU sans Kigo a en fait une grande restriction, mais cela donne une impression de liberté.
Parce que [ne pas compter sur Kigo et exprimer notre propre pensée] doit être un choix cruel pour le poème le plus court. De cette étape, aucun excellent HAIKU n'est né et ne naîtra.

Novembre 2019

Michiko KAI

目次
Table of contents / Table des matières

天文 ◆ temmon / astronomy / astronomie

地理 ◆ chiri / geography / géographie

生活 ◆ seikatsu / life / vie

行事 ◆ gyōji / event / cérémonie

動物 ◆ dōbutsu / animals / animaux

植物 ◆ shokubutsu / plant / plante

Copyright© Mine Mukose 2020 Printed in Japan
ISBN978-4-908978-37-1 C0392 ¥2500E
First edition, March 25, 2020

Book design / Conception du livre :
Yukimasa Okumura / TSTJ inc.

時
候

jikō

season

saison

春暁【しゅんぎょう】
shungyō / spring dawn / lever du jour de printemps

It is the spring dawn. Correctly the dawn says the brightness before sunrise, and although there is a sign after the night, the area is still dim. Even at the same dawn, the daybreak is earlier than the dawn. To be precise, the daybreak says the brightness before sunrise, and although, dawn says the sign after the night.

Angiola Inglese
[Italy]

alba di primavera -
sul bavero rialzato vento di mare

アンギオラ　イングレーゼ
［イタリア］

春暁や海風は立てたる襟へ

- -

Soucramanien Marie
[France]

Parfum fleuri à plein poumon-
Lever du jour de printemps

スークラマニエン　マリー
［フランス］

春暁や肺一杯に香を広げ

- -

Jeanine Chalmeton
[France]

de bon matin le lever du jour printanier
le chat s'étire...

ジャニン　シャルメトン
［フランス］

春暁やゆるゆる猫は伸びをして

- -

Nuky Kristijno
[Indonesia]

spring dawn
the fragrant scent on her knitted neck cowl...

ナッキー　クリスティジーノ
［インドネシア］

春暁の香りてフード付ニット

Michael Sukadi Sonokaryo
[Indonesia]

spring dawn
grandpa walks slowly on the dewy grass

ミカエル　スカディ　ソノカリヨ
［インドネシア］

春暁や祖父は露けき芝を歩き

Claire Gardien
[France]

lever du jour de printemps
le parfum acidulé de la verdure

クレール　ガーディアン
［フランス］

春暁のほのと酸つぱきみどりかな

Beni GUNTARMAN
[Indonesia]

bright spring dawn
the bay waves spread a warm feeling to my feet

ベニ　ギュッタールマン
［インドネシア］

春暁や入江に足のぬくきこと

Mirela Brailean
[Roumania]

spring dawn -
some fresh haikus on my notebook

ミレラ　ブライレーン
［ルーマニア］

新しき句を記したり春曙

Francoise Maurice
[France]

lever du jour
par la fenêtre ouverte le concert des oiseaux...

フランソワーズ　モリス
［フランス］

春暁の玻璃には鳥の宴など

Rachida Jerbi
[Tunisia]

l'univers dans une goutte de rosée ̄
lever du jour de printemps ..

ラチルダ　ジェルビ
［チュニジア］

春暁や露一粒に小宇宙

Sylvie Theraulaz
[France]

elle tire les rideaux blancs de sa chambre -
aube de printemps...

シルビー　テロラズ
[フランス]

春暁のカーテンの白開けにけり

Nuky Kristijno
[Indonesia]

spring dawn
those mist on your face

ナッキー　クリスティジーノ
[インドネシア]

春暁やあなたの顔を霧は統べ

Zamzami Ismail
[Indonesia]

spring dawn
he is looking for a missing hoe...

ザザミ　イスマイル
[インドネシア]

無くしたる鍬を探せる春曙かな

Evangelina
[Indonesia]

spring dawn
safe and sound comes back to you.

エヴァンジェリナ
[インドネシア]

春暁をやすけき音の戻りくる

Mine MUKOSE [Japan] ／ 向瀬美音 [日本]

春暁や鍵穴よりの薄明かり

aube printanière
lueur par un trou de serrure

spring dawn
dim light through a keyhole

暖か【あたたか】
atataka / warm / doux

The temperature is so good that it is neither hot nor cold. The body that has passed the winter cold not only feels warmth with the body, but also works great for the mind. As a season word that expresses the sensational temperatures of the four seasons, it corresponds to the summer "heat", the autumn "cool" and the winter "cold".

Lisbeth Ho
[Indonesia]

warm beach
kids' laughter building a sandcastle..

リスベス　ホー
［インドネシア］

暖かや子供の築く砂の城

Mirela Brailean
[Roumania]

warm morning -
browsing last minute holiday deals

ミレラ　ブライレーン
［ルーマニア］

暖かやひねもす物を買ふことを

Tia Baratawiria
[Indonesia]

warm air
sleepy grandpa in a rocking chair.

ティア　バラタウィリア
［インドネシア］

暖かや揺り椅子に祖父うたた寝す

Angiola Inglese
[Italy]

l primo caldo-
un colore di farfalla fra fiori bianchi

アンギオラ　イングレーゼ
［イタリア］

白花の中の蝶々あたたけし

Seby Sebi
[Roumania]

warm spring breeze -
her sweet breath and a few flowers..

セビー　セビ
[ルーマニア]

暖かや吐息に花の香の混ざり

Seby Sebi
[Roumania]

drifting warm waves -
the way she sways in my arms...

セビー　セビ
[ルーマニア]

ぬくき風ぬくき腕や君揺れて

Seby Sebi
[Roumania]

warm tree trunk near by-
love's first embrace.

セビー　セビ
[ルーマニア]

恋人の初の抱擁あたたけし

Mafizuddin Chowdhury
[India]

warm
sleeping baby in her mother's chest

マフィズディン　ショードハリー
[インド]

暖かや乳房に吾子を眠らせて

Mine MUKOSE [Japan] ／ 向瀬美音 [日本]

あたたかや世界を巡るアンソロジー

douceur
anthologie diffusée dans le monde entier

warm
anthology spread worlwide

麗か【うららか】
uraraka / beautiful, lovely, cheerful / beau, clair, serein

All things are shining in the spring sunlight.

Mafizuddin Chowdhury
[India]

peaceful weather
hopping little birds in the garden...

マフィズディン　チュードハリー
[インド]

麗かや小鳥自在に飛び回り

Lintang Ursa MAYOR
[Indonesia]

cheerful morning
a little rooster climb the cliff cheerful

リンタング　ユルサ　マイヤー
[インネシア]

麗かや小さき雄鶏きりぎしへ

Khadija El Bourkadi
[Morocco]

Lac serein
Bruissement de pages tournées

カディジャ　エル　ブルカディ
[モロッコ]

麗かな湖やページをめくる音

Sylvain Nanad
[Cameroon]

Doux écho-
La montagne porte ma voix

シルバン　ナナド
[カメルーン]

麗かや谺はときに饒舌で

Siu Hong-Irene Tan
[Indonesia]

beautiful day
my girl in her wedding dress

シー　ホング　イレーヌ　タン
［インドネシア］

麗かや花嫁衣裳とはこんな

Fractled
[America]

spring beauty
petal by petal, skin on skin

フラクトウルド
［アメリカ］

麗かや花弁は花弁肌は肌

Zamzami Ismail
[Indonesia]

beautiful day
wife talking intently on the phone with her
child

ザンザミ　イスマイル
［インドネシア］

麗かや妻は夢中で子と電話

Jeanine Chalmeton
[France]

ciel clair ˘
côte à côte leurs deux vélos.

ジャニン　シャルメトン
［フランス］

麗かや銀輪二つ並びをり

Dennis Cambarau .
[Italy]

Allegra primavera-
dei sorrisi di bimbi sulla spiaggia

デニス　カンバロ
［イタリア］

海岸に子の笑顔湧きうららけし

Mine MUKOSE [Japan] ／ 向瀬美音 [日本]

麗らかやマーマレードを煮る厨

après midi serein
confiture d'orange dans le chaudron

peaceful afternoon
marmelade in the cauldron

麗らかやショパン聴きつつ面取りなど

après midi sereine
epluchage en écoutant Chopin

peaceful afternoon
peeling while listening to Chopin

長閑【のどか】
nodoka / peaceful / serein, calme

It says a relaxing spring day. It feels like the days get longer and the time
goes slowly.

Mirela Brailean
[Roumania]

ミレラ　ブライレーン
[ルーマニア]

a peaceful day -
just the rhythmic creak of my rocking chair.

長閑さや揺り椅子しかと軋みをる

- -

Marin Rada
[Roumania]

マリン　ラダ
[ルーマニア]

printemps chaud -
votre voix au téléphone de loin

長閑さや電話の君の声はるか

Rosa Maria Di Salvatore
[Italy]

peaceful night -
the sound of the wind as a lullaby

ローザマリア　ディ　サルバトーレ
［イタリア］

のどけしや子守唄さへ風になり

Seby Sebi
[Roumania]

printemps serein -
une plume porte ma larme dans le vent

セビー セビ
［ルーマニア］

のどかなり涙は風になじまざる

Michael Sukadi Sonokaryo
[Indonesia]

cheerful smile
clown action on my son's birthday...

ミカエル　スカディ　ソノカリヨ
［インドネシア］

長閑さやピエロに吾子笑む誕生日

Igorina Darsa
[Indonesia]

calm sea
moon kissing the water

イゴリナ　ダルサ
［インドネシア］

長閑しや昼月海にキスしたり

Corina Margareta Cristian
[Roumania]

serein
en fredonnant une chanson joyeuse pour les
enfants

コリナ　マーガレタ　クリスチアン
［ルーマニア］

長閑さや子に口ずさむ歌すこし

Fabiola Marlah
[Mauritius]

matin serein
fredonnement du vent

ファビオラ　マラー
［モーリシャス］

長閑さや風のハミング聞きながら

28

Sarra MASMOUDI
[Tunisia]

étiquetant des flacons d'épices⁻
printemps serein

サラ　マスモウディ
［チュニジア］

のどけしやレッテルを張る調味料

Mine MUKOSE [Japan] ／ 向瀬美音［日本］

のどけしやアップルパイを焼く厨

après midi serein
tarte aux pommes au four

peaceful afternoon
apple pie in oven

春深し【はるふかし】
harufukashi / deep spring /printemps profond

"deep spring"
After spring, is over, feeling of deepening of spring. Actually it is about the late four season.

Ninok RUHIYAT
[Indonesia]

deep spring
only flag and his military uniform arrived

ニノック　ルヒヤット
［インドネシア］

春深し旗と軍服届きたる

Nani Mariani
[Australia]

deep spring
the photo is still hanging in the bedroom.

ナニ　マリアニ
［オーストラリア］

春闌くや寝室に写真は錆びて

Soucramanien Marie
[France]

Champs de fleurs sauvages sur les tombes
oubliées-Printemps profond

スークラマニエン　マリー
[フランス]

忘られし墓にくさぐさ春深し

- -

Evangelina
[Indonesia]

deep spring
a short poem in the new tomb

エヴァンジェリナ
[インドネシア]

新しき墓に詩を置き春深し

- -

Seby Sebi
[Roumania]

I whisper her name on and on -
deep spring

セビ　セビ
[ルーマニア]

いくたびも君の名を呼び春深し

- -

Fabiola Marlah
[Mauritius]

printemps profond
cri du corbeau sur le vent..

ファビオラ　マラー
[モーリシャス]

風上に鴉しきりや春深き

- -

Christina Chin
[Malaysia]

the fisherman's wife busy mending nets
deep spring...

クリスティーナ　チン
[マレーシア]

妻たちの漁網繕ふ春探し

- -

Fabiola Marlah
[Mauritius]

printemps profond
l'odeur d'encre sur les mots.

ファビオラ　マラー
[モーリシャス]

春深し言葉に重ねインクの香

Nathalie　Real
[France]

printemps profond -
première page de mes 51 ans

ナタリー　レアル
[フランス]

私の五十一歳春深し

Seby Sebi
[Roumania]

a lost path to her perfume -
deep spring .

セビ セビ
[ルーマニア]

春深しかのひとの香を失ひて

Tomoko SOGO
[Japan]

deep spring;
lapis lazuli of the small images in lattice of the
ceiling

十河 智子
[日本]

春深し天井の絵のラピスラズリ

Mine MUKOSE [Japan] ／ 向瀬美音 [日本]

春深しやうやう見えし赤き糸

printemps profond
enfin destinés à l'amour

deep spring
finaly destinated to be lovers

◆

春深し伎芸天やや傾ぎをり

Printemps profond
Statue de nymphe légèrement penchée

deep spring
statue of nymph slightly leaning

春惜しむ【はるおしむ】
haruoshimu / sad that the spring is almost over / regret le printemps

"regreting spring"
Regreting the passing spring. Spring is easy to spend along with autumn,
and the nature is beautiful. It is also the season when things start, and there
are many encounters with people. Regreting spring leads to the reluctant
heart in life.

Seby Sebi
[Roumania]

regret le printemps -
tous les pétales pris par le vent.

セビー セビ
[ルーマニア]

舞ひたがるなべての花弁春惜しむ

Keng pim
[Singapore]

missing Spring
all alone waiting on the bench

ケング ピム
[シンガポール]

惜春や一人ベンチに座りゐて

Nadine Léon
[France]

le printemps s'achève
le lourd silence des pétales au sol

ナディン レオン
[フランス]

花びらの重きしじまや春惜しむ

Nani Mariani
[Indonesia]

sad that the spring is almost over
put the last rose in a vase..

ナニ マリアニ
[インドネシア]

惜春や最後の花を投げいれて

Zamzami Ismail
[Indonesia]

late spring
flower petals flow on the rivers

ザムザニ　イスマイル
［インドネシア］

ただよへる川の花びら春惜しむ

Seby Sebi
[Roumania]

regret of spring -
I whisper her name on and on

セビー セビ
［ルーマニア］

幾たびも名をつぶやきて春惜しむ

Billy Antonio
[Philippines]

sad that spring is almost over
sealing the letter with a kiss

ビリー アントニオ
［フィリピン］

惜春や手紙にほのとキスマーク

Agnes Kinasih
[Indonesia]

sad that the spring is almost over
her painting is not finished

アグネス　キナシ
［インドネシア］

惜春の未完の油絵を君に

Seby Sebi
[Roumania]

regret of spring –
an empty train leaves the station

セビー セビ
［ルーマニア］

うつろなる電車は惜春の果へ

Mine MUKOSE [Japan] ／ 向瀬美音 [日本]

ひとひらの重き静けさ春惜しむ

le printemps s'achève   sad that the spring is almost over
lourd silence d'un pétale   heavy silence of a petal

カステラのザラメ噛み締め春惜しむ

croquant les grains de sucre du gateau   bitting granulated sugar of sponge cake
de Savoie   sad that the spring is almost over
le printemps s'achève

天文

temmon

astronomy

astronomie

春光【しゅんこう】
shunkō / spring light , spring scene / lumière de printemps, paysage
de printemps

"spring light"
Originally it is spring wind, spring scenery, it is also used as spring sunlight.

KUO chin
[Singapore]

spring light
unframed landscape

クオ　チン
[シンガポール]

春光や額縁のなきこの風景

Rachida Jerbi
[Tunisia]

lumière de printemps˜
côte à côte au jogging matinal...

ラチルダ　ジェルビ
[チュニジア]

春光やともに朝のジョガーとて

Khadija El Bourkadi
[Morocco]

La rivière roule ses eaux claires
Lumière de printemps

カジャ　エル　ブルカディ
[モロッコ]

春色のひとつとて水透きとほり

Jean Luc Werpin
[Belgium]

brume et bruine
la lumière diffuse un printemps timide

ジャン　リュック　ヴェルパン
[ベルギー]

霧と光怖がる春を撒き散らし

Kamel Meslem
[Algeria]

Lumière de printemps
un matin ta douce voix m'éveille

カメル　メスレム
[アルジェリア]

春光や目覚むれば声やさしくて

Kamel Meslem
[Algeria]

Lumière de printemps
le chant d'oiseaux se mêle au murmure du
ruisseau

カメル　メスレム
[アルジェリア]

春色や鳥語とせせらぎの混じり

Igorina Darsa
[Indonesia]

spring light
spider web in a corner of the ceiling.

イゴリナ ダルサ
[インドネシア]

天井に蜘蛛の巣それも春の色

Sarra Masmoudi
[Tunisia]

à toute allure une tortue-
lumière de printemp

サラ　マスモウディ
[チュニジア]

春光や亀のいささか急ぎたる

Maria Teresa Piras
[Italy]

sole di primavera -
impronte di gabbiani sulla sabbia tiepida

マリア　テレサ　ピラス
[イタリア]

春光やかもめの足跡のしるき

Anne Delorme
[France]

Lumière de printemps -
le pas léger du jeune enfant .

アンヌ　ドゥローム
[フランス]

春光や吾子のあゆみのかろきこと

Abdellatif BHIRI
[Morocco]

Elle berce son nouveau-né
Lumière de printemps

アデラティフ　ビリ
[モロッコ]

みどりごを揺らし春望はるかなり

Igorina Darsa
[Indonesia]

spring light
long distance call from my mother

イゴリナ ダルサ
[インドネシア]

春色や遠き母より電話来て

Anne Delorme
[France]

Lumière de printemps -
l'éclat de rire de mon enfant

アンヌ　ドウローム
[フランス]

春光や子供の笑ひ弾けやすく

Marie Fabiola MARLAH
[Mauritius]

Un voilier entre ciel et mer aux reflets d'azur
lumiere de printemps

マリー　ファビオラ　マラー
[モーリシャス]

空も海も分け合ふヨット春景色

Sylvie Théraulaz
[France]

pluie sur le bout de ton nez -
lumière de printemps

シルビー　テロラズ
[フランス]

春光や鼻につきたる雨青き

Sylvie Théraulaz
[France]

ton nom nouveau dans mon agenda -
lumière du printemps

シルビー　テロラズ
[フランス]

春光や手帳に新たなる名前

Lucia Cezara Plătică
[Roumania]

spring light -
crystalline water murmur

ルチア　セザラ
[ルーマニア]

透明な水さざめきて春の色

Fabiola Marlah
[Mauritius]

lumière du printemps
des papillons aux parfums des fleurs

ファビオラ　マラー
[モーリシャス]

春光や花の香りを欲る蝶々

Eugénia Paraschiv
[Roumania]

lumière de printemps -
les chameaux se cambrant

エウジェニア　パラシヴ
[ルーマニア]

春光や駱駝は弓なりにしづか

Tomoko SOGO
[Japan]

spring light on the nape of my neck;
three o'clock in the afternoon

十河 智子
[日本]

春光のうなじあたりや午後三時

Mine MUKOSE［Japan］ ／ 向瀬美音［日本］

春光や白き手帳に書く一句

lumière de printemps   spring light
un haiku sur la page blanche   one haiku on the white page

◆

春光やそびらの窪み滑らかに

lumière de printemps   spring light
courbure du dos   curvature of the back

朧月【おぼろづき】
oborozuki / hazy moon / lune voilée

"hazy moon"
It says the hazy moon of the spring night. For the clear autumn moon, spring
moon seems to have stearned pale.

Erin COBB - CASTALDI   エリン　コブ　カスタルディ
［America］   ［アメリカ］

a hazy moon   朧月秘密をほのと日記かな
writing secrets in her diary

- -

Mirela Brailean   ミレラ　ブライレーン
［Roumania］   ［ルーマニア］

a hazy moon -   朧月なかなか書けぬ一行も
still no line in the letter to you

Anne DELORME
[France]

Lune voilée -
le cri du renard dans la nuit

アンヌ　ドローム
［フランス］

深更を鳴ける狐や朧月

Marin Rada
[Roumania]

tache d'encre sur le manuscrit -
lune voilée

マリン　ラダ
［ルーマニア］

原稿にインク滲みぬ朧月

Igorina Darsa
[Indonesia]

a hazy moon
faint sound of crying wolf in a distant

イゴリナ ダルサ
［インドネシア］

朧月狼の声遠くより

Corina Margareta Cristian
[Roumania]

lune voilée˘
la pièce rouillée de monnaie dans les eaux de la
fontaine

コリナ　マーガレタ　クリスティアン
［ルーマニア］

朧月泉の底に硬貨錆び

Corina Margareta Cristian
[Roumania]

lune voilée
page de journal écrite sous la flamme de la
bougie

コリナ　マーガレタ　クリスティアン
［ルーマニア］

蝋燭に日記照らされ朧月

Virgilio Donato Franzel
[Italy]

luna velata
dietro la sciarpa appena un sorriso

ヴィルギロ　ドナト　フランゼル
［イタリア］

スカーフの背に笑顔あり朧月

Christina Chin
[Malaysia]

hazy moon
resounding chimes echo the hill temple

クリスティーナ　チン
[マレーシア]

朧月丘の鐘楼よく響き

Sarra Masmoudi
[Tunisia]

lune brumeuse
si brillants les yeux du chat mort..

サラ　マスモウディ
[チュニジア]

朧月黒猫の目のかく光り

Agnes Kinasih
[Indonesia]

hazy moon
the shadow of sailboat disappear.

アグネス　キナシ
[インドネシア]

朧月ヨットの影の杳として

Claire Gardien
[France]

lune voilée
le refrain du coucou derrière la montagne

クレール　ガーディアン
[フランス]

郭公のただくりかへし朧月

Francoise Maurice
[France]

lune voilée
l'odeur de jasmin étoilé sur la terrasse.

フランソワーズ　モリス
[フランス]

朧月テラスのジャスミン香りをり

Sylvie Theraulaz
[France]

lune voilée -
autant que d'étoiles les mots qu'elle a dits

シルビー　テロラズ
[フランス]

朧月星の数ほど言葉抱き

42

Fabiola Marlah
［Mauritius］

lune voilée
un homme emprisonné dans la peau d'une
femme

ファビオラ　マラ
［モーリシャス］

朧月女の肌に囚はれて

Fabiola Marlah
［Mauritius］

lune voilée
sous le lampadaire un chat noir.

ファビオラ　マラ
［モーリシャス］

ランタンの下に黒猫朧月

Igorina Darsa
［Indonesia］

hazy moon
the sound of violin from a distance.

イゴルナ　ダルサ
［インドネシア］

遠くよりビオロンの音や朧月

Corina Margareta Cristian
［Roumania］

lune voilée
le rire du clown triste.

コリナ　マーガレータ　クリスチアン
［ルーマニア］

朧月ピエロさやさや笑ひけり

Françoise Deniaud-Lelièvre
［France］

lune voilée
la vallée encore assoupie sous la brume

フランソワーズ　デニオ　ルリエーブル
［フランス］

霧の下に微睡む谷や朧月

タンポポ 亜仁寿
［Indonesia］

a hazy moon -
my first time studying abroad

タンポポ　アニス
［インドネシア］

初めての留学といふ朧月

Marin Rada
[Roumania]

lune voilée -
une page blanche dans le livre de haïku

マリン　ラダ
[ルーマニア]

朧月俳句手帳の紙白し

- -

Tomoko SOGO
[Japan]

hazy moon;
from behind the veiling

十河 智子
[日本]

朧月帳の衣の向かうより

- -

Mine MUKOSE [Japan] ／ 向瀬美音 [日本]

朧月なかなか書けぬその一行

lune voilée
difficile d'écrire la première phrase

veiled moon
difficult to write the first sentence

◆

朧月夫には見せぬ写真かな

lune voilée
une photo secrète

veiled moon
a secret picture

44

春一番【はるいちばん】
haruichiban / the first spring wind / le premier vent du printemps

"first spring storm"
After the beginning of spring, the strong south wind blows for the first time.
This breeze will start unraking of buds of grass and trees, and it will be the
full-scale arrival of spring.

Pamela COUGHLAN
［Singapore］

first spring wind
on the sand footprint leaves with each wave

パメラ　クフラン
［シンガポール］

春一番砂の足跡消えたるよ

Sarra Masmoudi
［Tunisia］

premier vent de printemps-
mes cheveux dénoués...

サラ　マスモウディ
［チュニジア］

解かれし髪よくろさよ春一番

Abdellatif BHIRI
［Morocco］

Chatouillement des narines
Premier vent du printemps

アブデラティフ　ビリ
［モロッコ］

くすぐったき鼻腔のありて春一番

Eugénia Paraschiv
［Roumania］

premier vent de printemps –
les vers creusent la terre

エウジェニア　パラシブ
［ルーマニア］

土を掘るべく蚯蚓など春一番

Nani Mariani
[Australia]

first spring wind
she introduced her male classmate

ナニ　マリアニ
[オーストラリア]

まつさらな同級生や春一番

Fabiola Marlah
[Mauritius]

premier vent du printemps
souffles légers d'enfants heureux

ファビオラ マラー
[モーリシャス]

春一番この子幸せさうな息

Fabiola Marlah
[Mauritius]

premier vent de printemps ˜
les ailes poudrées du papillon.

ファビオラ マラー
[モーリシャス]

春一番花粉のはつか蝶の羽

Sarra Masmoudi
[Tunisia]

les dessins de l'enfant envahis de papillons˜
premier vent de printemps.

サラ　マスモウディ
[チュニジア]

春一番蝶をあまたに子供の絵

Mirela Duma
[Roumania]

frist spring wind -
in flight only a single bird

ミレラ　ヂュマ
[ルーマニア]

春一番はつか一羽の鳥の飛び

Anne-Marie Joubert-Gaillard
[France]

premier vent de printemps˜
les pages de son premier manuscrit .

アンヌ　マリー ジュベール　ガヤール
[フランス]

初原稿のページおごそか春一番

46

Seby Sebi
[Roumania]

first spring wind -
a baby's breath and a leaf...

セビー セビ
［ルーマニア］

稚児の息そして葉擦や春一番

Tomoko SOGO
[Japan]

high heels in the first spring wind;
walking with her hair streaming out

十河 智子
［日本］

春一番髪靡かせてハイヒール

Mine MUKOSE [Japan] ／ 向瀬美音 ［日本］

金髪のポニーテールや春一番

premier vent de printemps
queue de cheval d'une fille blonde

first spring wing
pony tail of a blond girl

風光る【かぜひかる】
kazehikaru / shining wind / vent éblouissant

"glowing wind"
It says that the spring wind feels like shining briliantly. The dazzling bri-
ghtness of the sunlight, the scenery swaying by the wind is dazzling. Words
that entrusted the joy and hope of the arrival of spring to the blowing wind.

Michel Duflo
[France]

vent éblouissant –
adossé à la chapelle aux portes closes.

ミシェル　デュフロ
［フランス］

教会にもたるるこころ風光る

Cucu Hermawan
[Indonesia]

a new flag on fishing boat -
shining wind

クク　ヘルマワン
［インドネシア］

釣り船に旗新しく風光る

Chie SETIAWATI
[Indonesia]

the spring breeze_
children take pictures together

チイ　セティアワティ
［インドネシア］

風光る子ら一斉に写真撮り

Nuky Kristijno
[Indonesia]

spring light
a yellow ribbon in her ponytail

ナッキー クリスティジーノ
［インドネシア］

風光るポニーテールの黄のリボン

Anne Delorme
[France]

Vent éblouissant -
un rayon de soleil s'emmêle dans ses cheveux.

アンヌ　ドローム
［フランス］

もつれたる髪へ太陽風光る

Mafizuddin Chowdhury
[India]

shining wind
the poetic waves in the sea

マルフィズディン　シュードハリー
［インド］

詩の波は海にありけり風光る

Angiola Inglese
[Italy]

vento limpido-
la prima foglia di borragine

アンギオラ　イングレーゼ
［イタリア］

風光るルリジサに葉の兆しつつ

48

Erin COBB – CASTALDI
[America]

Shining wind
a small cup of pungent tea

エリン　コブ　カスタルディ
[アメリカ]

風光るぴりりと紅茶のみほして

Nuky Kristijno
[Indonesia]

shining wind
his warm smiles lightens my mood

ナッキー　クリスティジーノ
[インドネシア]

風光る心明るむ彼の笑み

Fabiola Marlah
[Mauritius]

vent éblouissant
tournoiements d'oiseaux sous le ciel.

ファビオラ　マラー
[モーリシャス]

おほぞらを鳥の旋回風光る

Mine MUKOSE [Japan] ／ 向瀬美音 [日本]

またひとつ進む道あり風光る

encore un chemin à emprunter
vent éblouissant

still a way to decide
shining wind

春の雪【はるのゆき】
harunoyuki / spring snow / neige de printemps

"spring snow"
Snow that falls after the beginning of spring.

Michel Duflo
[France]

neige de printemps –
la gourde passe de lèvres en lèvres

ミシェル　ヂュフロ
[フランス]

春の雪水筒しづかにもまはる

Neni RUSLIANA
[Indonesia]

spring snow
first light touches glass window of the church

ネニ　ルシリアナ
[インドネシア]

教会の窓を満たして春の雪

Francesco Palladino
[Italy]

she is gone
spring snow in the sun

フランチェスコ　パラディノ
[イタリア]

さう君は日に光りたる春の雪

Jeanine Chalmeton
[France]

neige de printemps ˜
dans la vitrine une robe à plumetis.

ジャニン　シャルメトン
[フランス]

春雪や玻璃にかがよふワンピース

50

Lucia Cezara Plătică
［Roumania］

spring snow -
the sun shines brighter in the window

ルチア　セザラ
［ルーマニア］

日輪を窓にかかげて春の雪

Nuky Kristijno
［Indonesia］

spring snow
still traces of skid tyres in the front yard

ナッキー　クリスティジーノ
［インドネシア］

春雪や轍のしるきことも華

Lucia Cezara Plătică
［Roumania］

spring snow -
the last breath

ルチア　セザラ
［ルーマニア］

春の雪末期の息となりにけり

Mine MUKOSE ［Japan］ ／　向瀬美音 ［日本］

受話器よりお国訛りや春の雪

son accent provincial au téléphone
neige de printemps

his local accent on the telephone
spring snow

春の雪美しくいふさようなら

Neige de printemps
Au revoir joliment dit

spring snow
goodbye beautifully told

逢うてのち髪艶やかに春の雪

Neige de printemps
Cheveux brillants après un rendez vous intime

Spring snow
Bright hair after a sweet date

友禅を少し濡らして春の雪

Neige de printemps
Mon kimono légèrement trempé

Spring snow
My kimono slightly wet

陽炎【かげろう】
kagerō / heat haze / effet d'optique de la chaleur

With the steam rising from the ground, the scenery and things are seen sha-king. It is a phenomenon that occurs due the change of light and it is not li-mited to spring, but it is a spring season word because it feels calm.

Hassane ZEMMOURI
［Algeria］

Heat haze
Children play hide and seek

ハッサン　ゼムリ
［アルジェリア］

陽炎や子はかくれんぼしてゐたり

Fractled
［America］

impressionism at dawn
heat haze

フラクトゥルド
［アメリカ］

陽炎や印象主義を欲る夜明け

Michelle Tilman
［Belgium］

brume de chaleur
l'âme du poète voyage

ミシェル　ティルマン
［ベルギー］

さまよへる詩人の遊糸なるこころ

Bernadette COUENNE
[France]

Mirages de chaleur -
Un thé à la menthe sous la tente

ベルナデット　クエンヌ
［フランス］

陽炎やテントの下のミントティー

Rosa Maria Di Salvatore
[Italy]

heat haze -
clearer and clearer his words..

ローザマリア　ディ　サルバトーレ
［イタリア］

陽炎やことばはつきりしてきたる

Seby Sebi
[Roumania]

bird wings hiting the ground -
heat haze..

セビー セビ
［ルーマニア］

陽炎や地を打ちつづく鳥の羽

Francesco Palladino
[Italy]

heat haze
roasting someone the coffee

フランシシスコ　パラディノ
［イタリア］

陽炎や珈琲豆を挽くは誰

Mine MUKOSE [Japan] ／　向瀬美音 ［日本］

陽炎や終わりのなき詩人の旅

mirage de chaleur
voyage infini d'un poète

heat haze
endless travel of a poet

地理

chiri

geography

géographie

春の山【はるのやま】
harunoyama / spring mountain / montagne de printemps

"spring mountain"
Spring mountains are full of animals and plants. Basking in the warm sunlight, buds of plants, there is no need for birds' love.

Isni Heryanto
[Indonesia]

spring mountain
laughing kids in the tent..

イスニ　ヘルヤント
[インドネシア]

春の山子らはテントで笑みを得て

Sylvie Théraulaz
[France]

peu à peu son pas plus lourd -
montagne de printemps

シルビー　テロラズ
[フランス]

少しづつ歩みの重く春の山

Isni Heryanto
[Indonesia]

Spring mountain
the sound of young grass under my shoes.

イスニ　ヘルヤント
[インドネシア]

春の山靴の下なる芝若し

Li
[Indonesia]

spring mountain
wave of wildflowers along the way..

リー
[インドネシア]

春の山道にはらはら草の波

Pamela Coughlan
[Singapore]

spring mountain
the smell of burning cedar in the fireplace.

チェダーチーズ炎に香る春の山

パメラ　コフラン
［シンガポール］

Kamel Meslem
[Algeria]

Montagne de printemps
mille étourneaux s'envolent en bande

大鳥のひとしきり飛ぶ春の山

カメル　メスレム
［アルジェリア］

Agnes Kinasih
[Indonesia]

spring mountain
fragrant of plum blossom spreads along the
path

春の山果実の香の広ごりて

アグネス　キナシ
［インドネシア］

Michael Sukadi Sonokaryo
[Indonesia]

spring mountain
scent of flowers from the bungalow's window..

春の山バンガローより花の香

ミカエル　スカディ　ソノカリヨ
［インドネシア］

Lucia Cezara Plătică
[Roumania]

the blue sky closer to us
spring mountain –

春の山青空近くなりにけり

ルチア　セザラ
［ルーマニア］

Choupie Moysan
[France]

montagne de printemps--
les clarines sonorisent l'air vif

清らかに鈴の響きや春の山

シュピー　モイサン
［フランス］

Jeaninne Chalmeton
[France]

montagne de printemps -
le vent annonce le retour des sonnailles

ジャニンヌ　シャルメトン
[フランス]

鈴つねに帰りを告げて春の山

Jean -Louis Chartrain
[France]

montagne au printemps
elle se maquille se démaquille...

ジャンルイ　シャルトラン
[フランス]

春の山化粧をしたく落としたく

Siu Hong TAN [Irene Tan]
[Indonesia]

pilgrimage
an old monk ascending the spring mountain

シウ　ホングタン
[インドネシア]

ゆるゆると老僧登る春の山

Mine MUKOSE [Japan] ／ 向瀬美音 [日本]

しなてるや淡海の奥に春の山

profondeur du lac Biwako
montagne de printemps

the depths of lake Biwako
spring mountains

春の海【はるのうみ】
harunoumi / spring sea / mer de printemps

"spring sea"
It is a calm sea. It is the sea where you can enjoy picking up sakura shells on
the sandy beach.

Christina Chin
［Malaysia］

spring sea
far up the cliff another hang glider..

クリスティーナ　チン
［マレーシア］

きりぎしをハングライダー春の海

Michel Duflo
［France］

mer de printemps –
la femme du marin vêtue de noir

ミシェル　ドウフロ
［フランス］

水兵てふ女は黒き春の海

Sofyan HADI
［Indonesia］

spring sea
ripples shining on the calm sea

ソフヤン　ハディ
［インドネシア］

さざなみのしづけき光春の海

Beni Guntarman
［Indonesia］

spring sea
she wrote "love" on wet sand

ベニ　ギュッタールマン
［インドネシア］

Love と砂浜さらに砂浜春の海

Dennis Cambarau
[Italy]

mare di primavera-
un solo scoglio col suo bel faro..

デニス　カンバロ
[イタリア]

灯台も岩も美し春の海

Igorina Darsa
[Indonesia]

spring see
sakura shells on little girl's hands.

イゴリナ　ダルサ
[インドネシア]

春の海少女に渡す貝ひとつ

Isni Heryanto
[Indonesia]

over the cliff
spring sea as wide as the sky..

イスニ　ヘルヤント
[インドネシア]

きりぎしを超えて青空春の海

Nuky Kristijno
[Indonesia]

spring sea
the salty taste on dry lips

ナッキー　クリスティジーノ
[インドネシア]

潮の香の乾くくちびる春の海

Lucia Cezara Plătică
[Roumania]

sea spring-
over the waves gleaming wings of gulls

ルチア　セザラ
[ルーマニア]

春濤や波をきらめく鷗の羽

KAMEL MESLEM
[Algeria]

Mer de printemps
la brise légère cajole ses joues

カメル　メスレム
[アルジェリア]

そよ風は頬を愛して春の海

Evangelina
[Indonesia]

spring sea
I could feel your heartbeat

エヴァンジェリナ
［インドネシア］

春の海君の鼓動の伝はりぬ

Evangelina
[Indonesia]

spring sea
wine glasses clinking on stern of the yacht

エヴァンジェリナ
［インドネシア］

春の海ヨットにワイングラスの音

Mine MUKOSE [Japan] ／ 向瀬美音 ［日本］

惜しみなく与ふる体春の海

offrande généreuse de mon corps
mer de printemps

generous offering of my body
spring sea

春の土 【はるのつち】
harunotsuchi / spring soil / sol de printemps, terre de printemps,
boue de printemps

It is the soil that emerges from the top of snow in spring, and it is the soil
that sucks enough of the spring rain and waits for sprouting.

Jeanine Chalmeton
[France]

sol du printemps ˉ
en désherbant je pense à mon père .

ジャニン　シャルメトン
［フランス］

草むしりつつ父のこと春の土

Seby Sebi
［Roumania］

soil of spring -
the scent of rebirth in the air..

セビー セビ
［ルーマニア］

ふたたびの生のかをりや春の土

Anne-Marie Joubert-Gaillard
［France］

Sol de printemps -
premiers labours

アンヌマリー　ジュベール　ガヤール
［フランス］

初めての鍬入れにけり春の土

Choupie Moysan
［France］

moelleux sol de printemps
dans sa main tout peut fleurir

シュピー　モイサン
［フランス］

てのひらに花ひとつのせ春の土

Rachida Jerbi
［Tunisia］

terre de printemps̄
du bout des doigts graine par graine

ラチルダ　ジェルビ
［チュニジア］

指先に種をひとつぶ春の土

Corina Margareta Cristian
［Roumania］

sol du printemps
un nouveau départ.

コリナ　マーガレタ　クリスチアン
［ルーマニア］

新しき旅をねがふや春の土

Jeanine CHALMETON
［France］

sol du printemps
les rayons du soleil peignent les plates-bandes

ジャニン　シャルメトン
［フランス］

日輪のくしけづりけり春の土

Mine MUKOSE ［Japan］ ／ 向瀬美音 ［日本］

土の香の立ち初めたるや春時雨

Première pluie de printemps　　　First spring rain
Odeur de terre　　　　　　　　　Smell of soil

雪崩【なだれ】
nadare / avalanche / avalanche

In spring, the snow falls from mountains. When the snowfall begins and it is
raining, there are often. Sometimes it swallows people and houses.

Seby Sebi
［Roumania］

avalanche -
all the words in a drop of ink.

セビー セビ
［ルーマニア］

遠雪崩ことばはインクより生まれ

タンポポ 亜仁寿
［Indonesia］

dazzling light around the mountain hut
the sound of avalanche

タンポポ アニス
［インドネシア］

山小屋へ眩しき光なだれ雪

Littoria GANDOLFI
［Italy］

scende la neve
un sentiero di luce conduce a casa

リットリア　ガンドルフィ
［イタリア］

家路へと導く光夜の雪崩

Lucia Cezara Plătică
[Roumania]

avalanche-
in the lady's neck all the pearls.

貴婦人のうなじに真珠遠なだれ

ルチア　セザラ
[ルーマニア]

Evangelina
[Indonesia]

avalanche
only a single cloud in the sky

おほぞらに雲ひとつきり雪なだれ

エヴァンジェリナ
[インドネシア]

Benedetta Ci
[Italy]

avalanche
another step into the unknown..

未踏なる世界へ一歩雪崩かな

ベルナデット　シ
[イタリア]

Billy T. Antonio
[Philippines]

distant avalanche
the echo of mother humming a lullaby

遠雪崩母くちずさむ子守唄

ビリー　ティー　アントニオ
[フィリピン]

64

薄氷【うすらい、うすごおり】
usurai, usugōri / thin ice / glace fine

Thin ice in early spring. Or, it also refers to the thin ice that remains un-melted. Unlike winter ice, it has a great impression because it is easy to disappear.

Brendon Kent
［England］

cracks appearing in thin ice...
a perfect moon

ブレンドン　ケント
［イギリス］

月全し薄氷にひび現れて

Soucramanien Marie
［France］

Fine glace-
les murs fissurés d'une maison abandonnée

スークラマニエン　マリー
［フランス］

薄氷や廃屋の壁ひびわれて

Cucu Hermawan
［Indonesia］

first ducks' sound by the lake -
thin ice

クク　ヘルマワン
［インドネシア］

薄氷や一対の鷺湖に降り

Mireille Peret
［France］

leurs petits pas sur le lac
glace fine..

ミレイユ　ペレ
［フランス］

湖に小さき足跡薄氷

Mirela BRĂILEAN
[Roumania]

thin ice -
no words between us

ミレラ　ブラレーヌ
[ルーマニア]

薄氷や言葉のいらぬ二人なり

Fabiola Marlah
[Mauritius]

glace fine
un poème fondu sur les lèvres

ファビオラ　マラー
[モーリシャス]

くちびるに溶くる詩ごころうす
ごほり

Corina Margareta Cristian
[Roumania]

glace mince
l'ombre des mots brûle

コリナ マーガレータ　クリスチアン
[ルーマニア]

うすらひや言葉は影も燃え尽きて

Mirela Duma
[Roumania]

glace mince -
sa mère se mord les lévres

ミレラ　ヂュマ
[ルーマニア]

くちびるを嚙む母でありうすごほり

Li
[Indonesia]

thin ice
a mirror in my hand.

リー
[インドネシア]

うすらひや鏡をのせてたなごころ

Eugénia Paraschiv
[Roumania]

glace mince-
sa respiration au telephone

エウジェニア　パラシヴ
[ルーマニア]

うすらひや受話器に君の息づかひ

66

Mirela Brailean
[Roumania]

thin ice -
a kiss melting all..

ミレラ　ブラレーヌ
［ルーマニア］

くちづけは全てを溶かす春氷

Mine MUKOSE [Japan] ／ 向瀬美音 [日本]

薄氷や育ててはならぬ愛もまた

glace mince
amour impossible

thin ice
impossible love

生
活

seikatsu

life

vie

遠足【えんそく】
ensoku / excursion / excursion

Playing outdoors as a school extracurricular event on a warm spring day.
The figure of the children who walk with their backpacks is the same as ever.
Around April is preferable.

Maria Teresa Piras
[Italy]

escursione primaverile -
gli zaini dei bambini pieni di vento

マリア　テレサ　ピラス
［イタリア］

遠足やリュックは風に膨らみて

Rachida Jerbi
[Tunisia]

excursion
un cerf volant lâché en liberté dans le ciel.

ラチルダ　ジェルビ
［チュニジア］

遠足や青空に凧放たれて

Evangelina
[Indonesia]

an excursion
clouds scudding across the sky.

エヴァンジェリナ
［インドネシア］

遠足や雲疾く動く空の果

Benoit Robail
[France]

excursion
j'emporte un peu du parfum de la viorne

ブノア　ロバイユ
［フランス］

遠足やすひかづらの香を連れ歩き

Francoise Maurice
［France］

excursion -
les chaussures de plus en plus lourdes.

フランソワーズ　モリス
［フランス］

遠足や靴のしとどに重くなり

Fabiola Marlah
［Mauritius］

excursion
l'odeur du soleil sur peau...

ファビオラ マラー
［モーリシャス］

遠足や肌をはらはら日の匂ひ

Claire Gardien
［France］

pics de montagne
les bulles d'eau pétillantes de la cascade

クレール　ガーディアン
［フランス］

遠足や滝を弾ける水あまた

Mine MUKOSE ［Japan］ ／　向瀬美音 ［日本］

遠足の後尾乱れて白き雲

enfants dissipés en queue de l'excursion
nuage blanc

children dissipated at the tail of the
excursion white cloud

春セーター【はるせーたー】
harusētā / spring sweater / chandail de printemps

It says the sweater to wear in the spring. Listening to the spring voice, you will find that the sweater is light and the color is bright.

Amel Ladhibi
[Tunisia]

Ses mailles pleines de tendresse
chandail de printemps

アメル　ラディビ
［チュニジア］

編み目には優しさあふれ春セーター

Michael Sukadi Sonokaryo
[Indonesia]

spring sweater
the smell of grandpa's sweat in my memories

ミカエル　スカディ　ソノカリヨ
［インドネシア］

春セーター記憶に祖父の汗すこし

Neni Rusliana
[Indonesia]

spring sweater
candy colors on sweet girls...

ネニ　ルシリアナ
［インドネシア］

砂糖菓子めいてわが子や春セーター

Joëlle Ginoux-Duvivier
[France]

le printemps glisse sur son épaule
pull ajouré..

ジョエル　ジヌー　ドヴヴィヴィエ
［フランス］

肩をすべる透かし模様の春セーター

Fabiola Marlah
[Mauritius]

pull du printemps
un nuage près d'un champs de coton.

ファビオラ マラー
［モーリシャス］

春セーター雲を近くに棉畑

Jean Luc Werpin
[Belgium]

chandail de printemps
˜ un vent coquin caresse les collines.

ジャン リュック ヴェルパン
［ベルギー］

いたづらな風は丘より春セーター

Mine MUKOSE [Japan] ／ 向瀬美音［日本］

しなやかに肩より滑る春セーター

Chandail de printemps
Glisse doucement sur l'épaule

Spring sweater
Soft sliding on the shoulder

春ショール【はるしょーる】
harushōru / spring shawl / châle de printemps

"spring shawl"
A shawl to surpass the cold in spring. It is also used for fashion to enjoy the atmosphere of spring. It is made of thin wool and cotton, it is used regardless of Japanese and western clothes. Wearing and seeing peoples both feel the arrival of spring in mind.

Igorina Darsas
[Indonesia]

pring shawl
grandmother fall asleep in the rocking chair

イゴリナ ダルサ
［インドネシア］

揺り椅子に祖母のまどろみ春
ショール

Neni Rusliana
[Indonesia]

spring breeze
the fragrance of jasmine from her shawl.

ネニ　ルシリアナ
［インドネシア］

茉莉花の香の風はつか春ショール

Soucramanien Marie
[France]

léger baiser tes mains sur mes épaules -
Châle de printemps

スークラマニエン　マリー
［フランス］

肩に置く手に軽くキス春ショール

M.Julia GUZMAN
[Argentina]

spring shawl
the sound of raindrops on the roof

エム　ジュリア　グズマン
［アルゼンチン］

春ショール屋根したたかに雨打てり

Anne Delorme
[France]

Châle de printemps -
la caresse du soleil sur ses épaules..

アンヌ　ドローム
［フランス］

春ショール太陽肩をさっと撫づ

Michelle Tilman
[Belgium]

ses petits bras autour de mon cou
châle de printemps

ミシェル　ティルマン
［ベルギー］

春ショール首の周りの吾子の腕

Maria Teresa PIRAS
[Italy]

brezza di mare -
uno scialle di primavera per due

マリア　テレサ　ピラス
［イタリア］

海風や二人をまもる春ショール

Claudia ANGILERI
[Italy]

Scialle di primavera
Gli ultimi brividi della serata

クローディア　アンギレリ
［イタリア］

パーティーの最後の寒し
春ショール

Mine MUKOSE [Japan] ／ 向瀬美音［日本］

またひとつ秘め事重ね春ショール

Encore un autre secret
Châle de printemps

Another secret
Spring shawl

苗木市【なえぎいち】
naegiichi / sapling, young plant market / marché des plants, semis

It is a good time for plant seedlings from March to April. Seedlings of gar-
den trees and fruit trees are sold at temples and shrines in the city in Green
Day.

Michael Sukadi Sonokaryo
[Indonesia]

market of garden plant
grandma selfie with her favorite cactus..

ミカエル　スカディ　ソノカリヨ
［インドネシア］

サボテンと写りし祖母や苗木市

Benoit Robail
[France]

marché aux plantes
je révise mes déclinaisons latines

ブノア　ロバイユ
［フランス］

ラテン語を値札に見つけ苗木市

Eric Despierre
[France]

Sandales de cordes
Au marché au plantes je marche serein

エリック　デスピエール
［フランス］

のんびりとサンダルのゆく苗木市

Fabiola Marlah
[Mauritius]

Marché aux plantes
robe fleurie de la gamine

ファビオラ　マラー
［モーリシャス］

花柄のワンピースなり苗木市

Eric Despierre
[France]

marché aux plantes de printemps
sachet de beau soleil

エリック　デスピエール
［フランス］

陽をつめし小さな袋苗木市

Igorina Darsa
[Indonesia]

little girl with pink ribbon
young plant market...

イゴリナ　ダルサ
［インドネシア］

桃色のリボンの少女苗木市

Mirela Brailean
[Roumania]

plant market -
the smell of wet ground

ミレラ　ブライレーン
［ルーマニア］

苗木市濡れたる土の香を広げ

Neni Rusliana
[Indonesia]

market of garden plant
she brings the spring colors in her basket

ネニ　ルシリアナ
［インドネシア］

春色を運ぶべき籠苗木市

Tomoko SOGO
[Japan]

market of garden plant;
a carefully selected sapling

十河 智子
[日本]

植木市撰び抜きたる細きもの

- -

Mine MUKOSE [Japan] ／ 向瀬美音 [日本]

かんばせに新鮮な風苗木市

vent frais sur le visage
marché des plantes

fresh wind on my face
seedling market

剪定【せんてい】
sentei / pruning, trimming / élagage, émondage, taille

"pruning"
To improve the fruits of apples, pears, peach trees, pruning branches before
buds emerge. This work will improve ventilation and sunshine.

Carmen Baschieri
[Italy]

potatura
la nonna raccoglie i ramoscelli

カルメン　バッシエリ
[イタリア]

剪定や祖母は小枝をこまごまと

- -

Jean-Louis Chartrain
[France]

élagage de printemps
entre les branches du noisetier le premier
papillon

ジャンルイ　シャルトラン
[フランス]

剪定や胡桃の枝を縫ひて蝶

Françoise Deniaud-Lelièvre
[France]

Bord de route
des lignes de pots d'oliviers taillés

フランソワーズ　ドウニオ　ルリエーブル
［フランス］

剪定やオリーブ整然と並び

Nadine Léon
[France]

élagage du chêne
les couleurs du printemps poussent en silence

ナディン　レオン
［フランス］

剪定の色をひそかに小櫝かな

Liliane AUFFRET
[France]

amandiers en fleur le long de la vigne
les sécateurs s'activent

リリアン　オフレ
［フランス］

オリーブや剪定ばさみよく動き

Abdallah Hajji
[Morocco]

pruning
rewrite my haiku

アブダラ　ハジ
［モロッコ］

剪定や俳句推敲してゐたり

Igorina Darsa
[Indonesia]

pruning
the smell of wet leaves in the garden.

イゴリナ　ダルサ
［インドネシア］

剪定や庭の濡れ葉の香るなり

Maria Teresa PIRAS
[Italy]

potatura del susino -
in un angolo di cielo un pezzo di me

マリア　テレサ　ピラス
［イタリア］

剪定の空の一部となりにけり

78

Nuky Kristijno
[Indonesia]

pruning the fence plant
giant scissors in his hand

ナッキー　クリスティジーノ
［インドネシア］

大いなる鋏を持ちて剪定す

Igorina Darsa
[Indonesia]

pruning
the smell of fresh leaves in the air

イゴルナ　ダルサ
［インドネシア］

剪定や新しき葉の香りあり

Mine MUKOSE [Japan] ／ 向瀬美音 [日本]

剪定や葡萄畑の果てしなく

élagage
la vigne à perte de vue

pruning
vineyard out of sight

◆

剪定や青空に描く素描なり

élagage
esquisse dans le ciel bleu

pruning
rough sketch in the blue sky

茶摘【ちゃつみ】
chatsumi / tea picking / cueillette du thé

"tea picking"
Picking out tea sprouts. Beginning in early April, the peak will be after 88th night. The first 15 days after picking is the first tea, the leaves are soft and the best quality. The second tea, third tea and fourth tea are picked, but "tea picking" is said to be the late spring season word where the first picking begins.

Lalit K. Chaudhary
[Indonesia]

tea picking
a young lady sharing her story with friends.

ラリット　ケー　ショードハリー
[インドネシア]

あれこれと語らふ女茶摘どき

- -

Beni GUNTARMAN
[Indonesia]

fresh morning air
they sings at the time of tea picking

ベニ　ギュッタールマン
[インドネシア]

棚田より聞こゆる茶摘唄清し

- -

Pamela Coughlan
[Singapore]

tea picking
the sun rising behind her basket

パメラ　コフラン
[シンガポール]

日輪は籠の背より茶摘唄

- -

Nuky Kristijno
[Indonesia]

happy faces
supple hands of women picking young tea leaves

ナッキー　クリスティジーノ
[インドネシア]

さきはひは手指と顔に茶摘かな

Corina Margareta Cristian
［Roumania］

cueillette du thé
rayons de soleil parfumés

コリナ　マーゲリタ　クリスチアン
［ルーマニア］

太陽に香りしるけき茶摘かな

Corina Margareta Cristian
［Roumania］

cueillette du thé
l'odeur des jours dans ma paume

コリナ　マーゲリタ　クリスチアン
［ルーマニア］

手のひらに日を匂はせて茶摘かな

---

dao thi ho phuong
［Vietnam］

Green color is stretched
the girls are picking tea

ダオ・ティ・ホ・フォン
［ベトナム］

ひろびろと緑のつづく茶摘かな

Mine MUKOSE ［Japan］　／　向瀬美音 ［日本］

指先に光浴びたる茶摘みかな

cueillette du thé
lumière sur doigts de fée

tea picking
sunlight on my fingertips

茶摘女の愛しき指先よく動く

doigts des femmes ramassant le thé
beauté du geste

fingers of Tea picking womens
beautiful movement

光浴ぶ茶摘女の指のうつくしき

lumière sur doigts de fée
beauté du geste

sunlight on her fingertips
beautiful movement

潮干狩【しおひがり】
shiohigari / shellfish collection on the beach / ramassage des co-
quillages sur la plage

"shellfish collection"
Catching the shelfish of shallow and clam at the sandy beach where the tide
has drawn. The spring tide around 3rd March is suitable for shellfish collec-
tion, because the difference of tidal ebb and flow will be large.

タンポポ 亜仁寿
[Indonesia]

shellfish collection
hand loudspeaker notifying the lost child

タンポポ　アニス
［インドネシア］

迷ひ子の放送はるか潮干狩

Elnadi Juwita
[Indonesia]

shellfish collection
footprints of his little feet on the beach..

エルナディ　ジュイタ
［インドネシア］

とつとつと小さき足跡潮干狩

Nuky Kristijno
[Indonesia]

low tide
too many shellfish in her scooped little hands.

ナッキー　クリスティジーノ
［インドネシア］

小さき手に余るあれこれ潮干狩

Mine MUKOSE ［Japan］ ／ 向瀬美音 ［日本］

潮干狩地球を少し引っ掻きて

Ramassage des coquillages   Digging for clams
Notre terre effleurée   The earth is ticklish

野遊 【のあそび】
noasobi / picnic / pique-nique

"picnic"
Playing in the spring mountain fields.Spending time with enjoying drinks
and foods, start playing, flowers picking.

Maria Teresa Piras   マリア　テレサ　ピラス
［Italy］   ［イタリア］

scampagnata -   野遊や花の卓布を広げたる
una tovaglia a fiori sull'erba verde

- -

Neni Rusliana   ネニ　ルシリアナ
［Indonesia］   ［インドネシア］

picnic in the meadow   野遊やついまどろめる膝枕
your head on my lap..

- -

Igorina Darsa   イゴリナ ダルサ
［Indonesia］   ［インドネシア］

picnic   野遊やマットをよぎる蟻一列
a line of ants crawling on the mat

Palladino FRANCESCO
[Italy]

picnic in due
pomeriggio sull'erba in primavera

フランシシコ　パラディノ
［イタリア］

野遊や祭にも似て二人きり

Claudia ANGILERI
[Italy]

Picnic
Il cestino profuma di primavera.

クラウディア　アンギレリ
［イタリア］

野遊や籠にとりどり春を入れ

タンポポ 亜仁寿
[Indonesia]

picnic -
twenty eyes looking for a season word

タンポポ　アニス
［インドネシア］

春探す二十の瞳ピクニック

Mine MUKOSE [Japan] ／ 向瀬美音 [日本]

野遊に少し疲れて膝枕

fatiguée par le picnic
ma tête posée sur tes genoux

tired by the picnic
my head resting on your lap

凧【たこ】
tako / kite / cerf-volant

It is a play tool with Japanese paper in the framework of a bamboo ladder.
You can enjoy it by raising the sky with the power of the wind. In addition to
what children raise, there are also huge ones that can be raised as a kite war.

Siu Hong-Irene Tan
[Indonesia]

red butterfly kite
a collaboration between father and son

シウ　ホング　イレーヌ　タン
[インドネシア]

父そして婿のつくれる凧赤し

Michael Sukadi Sonokaryo
[Indonesia]

spring kite
blue sky in my boy's eyes

ミカエル　スカディ　ソノカリヨ
[インドネシア]

吾子の目に映る青空春の凧

陈莹莹
[Malaysia]

a kite in the sky
sweat on her palms

シンシンチン
[マレーシア]

君の手のいとやはらかきいかのぼり

Khadija El Bourkadi
[Morocco]

Soleil couchant sur le rivage
Ombre d'un cerf-volant

カジャ　エル　ブルカディ
[モロッコ]

凧の影ありあり海に日は落ちて

Mireille Peret
［France］

tout le ciel dans ses yeux
cerf-volant

ミレイユ　ペレ
［フランス］

目の中に空満ちあふれいかのぼり

Seby Sebi
［Roumania］

lying a kite
a poem reaches her heart

セビー セビ
［ルーマニア］

凧を引く詩人に心近づきて

タンポポ 亜仁寿
［Indonesia］

forgetting the time
kite and me in the evening sun bathing

タンポポ　アニス
［インドネシア］

ゆふぐれを凧ただよへば時忘れ

Claire Gardien –
［France］

vols de cerfs-volants
les rires des enfants jusqu'au dessus de la falaise

クレール　ガーディアン
［フランス］

きりぎしの上でも笑ひいかのぼり

Neni Rusliana
［Indonesia］

kite
his words of love flies in the sky.

ネニ　ルシリアナ
［インドネシア］

凧揚や愛といふ字の空に舞ひ

Benedetta Ci
［Italy］

holding a kite string on my hand
passing cloud

ベルナデット　シー
［イタリア］

貫ける空のうれしさ凧を引く

Seby Sebi
[Roumania]

flying a kite —
a poem reaches her heart

セビー セビ
[ルーマニア]

凧あげや届けるべきは詩のひとつ

Jeanine CHALMETON
[France]

le vent joue avec l'enfant
cerf-volant

ジャニン　シャルメトン
[フランス]

凧あげの風と戯れこの子らは

Hassane ZEMMOURI
[Algeria]

A blue sky
A dragon-shaped kite swallows the wind

ハッサン　ゼムリ
[アルジェリア]

青空を飲み込む龍のいかのぼり

Yuhfen HONG
[Taiwan]

jump down to the quiet waters
kite

ユーフェン ホング
[台湾]

飛び降りる憩いの汀いかのぼり

Mine MUKOSE [Japan] ／　向瀬美音 [日本]

凧を引く少年の目に青い空

un garçon tirant le cerf-volant
ciel d'azur dans ses yeux

a boy pulling the kite
azure sky in his eyes

風船【ふうせん】
fūsen / balloon / ballon

"balloon"
There are paper balloons and rubber balloons. The paper balloon is laminated with five colors paper, the rubber balloon is filled with air and hydrogen gas in a thin rubber bag. They are sold on Green Day.

Angela Giordano
[Italy]

compleanno
i palloncini rosa appesi al soffitto

アンゲラ　ギオルダーノ
［イタリア］

天井は風船とどめ誕生日

Adonis Brunet
[France]

Ballon
La maman caresse son ventre rond

アドニス　ブリュネ
［フランス］

風船や重たげに腹抱へ母

Francesco Palladino
[Italy]

il palloncino...
tutto l'azzurro del cielo in una mano

フランシシコ　パラディノ
［イタリア］

風船や手のうちにある空青き

Siu Hong-Irene Tan
[Indonesia]

colorful balloons
a boy pointing to the blue sky

シウ　ホング　イレーヌ　タン
［インドネシア］

多彩なる風船男の子なら空へ

Castronovo Maria
［Italy］

bimbi col naso all'insù -
dove vanno tutti i palloncini colorati?...

カストロボーノ　マリア
［イタリア］

風船や赤子は寝返りをしばし

Claire Gardien –
［France］

lancer de ballons
les feuilles de son cahier de vacances

クレール　ガーディアン
［フランス］

夏隣空に風船放ちりけり

Mine MUKOSE ［Japan］ ／ 向瀬美音 ［日本］

風船の空のかけらとなりにけり

lachement de ballons
un fragment de ciel

releasing balloons
a fragment of sky

◆

メーデーの後尾に風船持つ子供

à la queue de la manifestation du 1er
mai un enfant au ballon rouge

at the tail of May Day demonstration
a child with a red balloon

風車【かざぐるま】
kazaguruma / windmill of paper (or plastic) / moulin à vent de papier
ou prastique

"windmill"
Making incisons in paper and cellolide to make a wheel shape and turning it
by the force of wind. We get it all the year, but it is fun to see the lightly tur-
ning in the spring wind.

Angela Giordano
[Italy]

lontani affetti
il tuo sorriso accanto ai mulini a vento

アンゲラ　ギオルダーノ
[イタリア]

亡き吾子の写真の笑顔風車

Isni Heryanto
[Indonesia]

paper windmill
hat strap on my daughter's neck

イスニ　ヘルヤント
[インドネシア]

風車帽子の紐を子は結び

Isni Heryanto
[Indonesia]

paper windmill
time is spinning so fast

イスニ　ヘルヤント
[インドネシア]

風車ときはほろほろ回りゆく

Fabiola Marlah
[Mauritius]

moulin à vent de papier
ululement d'un oiseau de nuit

ファビオラ マラー
[モーリシャス]

夜の鳥の呻き声など風車

タンポポ 亜仁寿
［Indonesia］

colorful paper windmill in the hand
the little girl's breath

タンポポ アニス
［インドネシア］

子の息や極彩色の風車

Claire Gardien –
［France］

moulins à vent en papier
le premier souffle du nouveau-né

クレール　ガーデイアン
［フランス］

初めてのこの世の息を風車

Igorina Darsa
［Indonesia］

meadow
little girl running with paper windmill
in her hands

イゴリナ ダルサ
［インドネシア］

風車少女は草原を駆けて

Mine MUKOSE ［Japan］ ／　向瀬美音 ［日本］

ふつくらと稚児のひと吹き風車

Souffle à pleines joues
moulin à vent de papier

blowing full cheeks
paper zind mill

石鹸玉【しゃぼんだま】
shabondama / soap bubble / bulle de savon

"soap bubbles"
Placing soap water at the end of the straw, breathing in lightly and inflating the bubbles. Sometimes they break easily, sometimes they fly far into the wind. It is a relaxing spring-like play.

FRIESS Véronique
[France]

Bulle de savon
éclat de rire dans les yeux des enfants

フレイス　ヴェロニック
[フランス]

石鹸玉ひとみに映る笑顔かな

Nathalie Réal
[France]

bulles de savon -
des arcs-en-ciel éclatent sur les petites mains

ナタリー　レアル
[フランス]

虹ひとつ掌中にあり石鹸玉

Castronovo Maria
[Italy]

Felicità -
La sua manina sfiora una bolla di sapone

カストロノボ　マリア
[イタリア]

小さき手の触るる幸せ石鹸玉

Claudia ANGILERI
[Italy]

Bolle di sapone
L'arcobaleno racchiuso in una bolla

クローディア　アンギレリ
[イタリア]

太陽に愛されてをり石鹸玉

Tomoko SOGO
[Japan]

dwarves marching;
soap bubbles from a straw

十河 智子
[日本]

シャボン玉こびと行進するやう
に

Mine MUKOSE [Japan] ／ 向瀬美音 [日本]

シャボン玉子の目に映る夢の色

bulle de savon
couleur de rêve dans le regard de l'enfant

Soap bubble
Coloured dream in the look of the child

春愁【しゅんしゅう】
shunshū / sorrow of spring / mélancolie de printemps

"spring moody"
Sorrow learned in spring. It is a gloomy that there is not a special reason.
Although it is the season when flowers bloom and birds chirp, it is only in
spring that the heart becomes cloudy by accident.

Seby Sebi
[Roumania]

empty rocking chair on a porch.-
sorrow of spring .

セビー セビ
[ルーマニア]

誰も居ぬ揺り椅子ぐらり春愁

Nani Mariani
[Australia]

sorrow of spring
only guitars accompany on the patio bench.

ナニ　マリアニ
[オーストラリア]

中庭のベンチにギター春愁

Castronovo Maria
[Italy]

Il ricamo incompiuto della mamma –
Malinconia di primavera

カストロノボ　マリア
［イタリア］

未完なる母の刺繍や春愁

Lintang Ursa MAYOR
[Indonesia]

sorrow of spring
an old man sitting alone waiting someone

リンタング　ユルサ　マイヤー
［インドネシア］

誰を待つ老人一人春愁

タンポポ 亜仁寿
[Indonesia]

sorrow of spring
good bye to the tail of train

タンポポ アニス
［インドネシア］

春愁列車の尾灯追ひながら

Bernadette COUENNE
[France]

La barque immobile sous les pins
Mélancolie de printemps

ベルナデット　クエン
［フランス］

松の下の小舟しづけし春愁

Mine MUKOSE [Japan] ／ 向瀬美音［日本］

春愁忘るるためににパイを焼く

mélancolie de printemps
tarte aux pommes à la cannelle

spring sorrow
applepie with cinnamon

重たげに聴く弦の艶春うれひ

mélancolie du printemps
timbre sourd du violon

spring sorrow
mellow heazily sound of violon

94

行事

gyōji

event

cérémonie

地球の日【ちきゅうのひ】
chikyūnohi / earth-day / jour de la terre

An anniversary proposed as a day to think about the global environment. It is April 22.

Brendon Kent
［England］

all that breathes is breathing...
earth-day

ブレンドン　ケント
［イギリス］

万象の息吹なりけり地球の日

Soucramanien Marie
［France］

Abondance de légumes dans le potager-
Journée de la terre nourricière

スークラマニエン　マリー
［フランス］

ポタージュに種々の野菜や地球の日

Evangelina
［Indonesia］

earth day
the cloud changes its formation

エヴァンジェリナ
［インドネシア］

地球の日雲は形をとみに変へ

Françoise Deniaud-Lelièvre
［France］

Jour de la terre
les graines de coquelicot semées à tout vent

フランソワーズ　ドウニオ　ルリエーブル
［フランス］

地球の日風に撒かるる芥子の種

96

Evangelina
[Indonesia]

earth day
a caterpillar transforms into a butterfly..

エヴァンジェリナ
［インドネシア］

地球の日毛虫は蝶に姿変へ

Anne-Marie Joubert-Gaillard
[France]

Jour de la terre
elle échange des graines avec des inconnus

アンヌマリー　ジュベール　ガヤール
［フランス］

地球の日見知らぬ人と種交へ

Nadine Leon
[France]

Journée de la Terre
les humains l'entendent-ils la forêt qui tombe

ナディン　レオン
［フランス］

地球の日森の崩るる音を聞き

Claire Gardien
[France]

Green Day
le travail de fée des petites mains d'enfants

クレール　ガーディアン
［フランス］

妖精の手の小ささや地球の日

Mine MUKOSE [Japan] ／ 向瀬美音 [日本]

草原を裸足で歩く地球の日

je marche pieds nus sur l'herbe
la Journée de la Terre

walking bare feet on the grass
earth day

ピノキオを呑み込む鯨地球の日

la baleine avale Pinocchio
la Journée de la Terre

the whale swallows Pinocchio
earth day

初めての稚児の一歩や地球の日

premiers pas d'un bébé
la Journée de la Terre

first steps of a baby
earth day

復活祭【ふっかつさい】
fukkatsusai / Easter Day / Pâques

"Revival"
The holiday to commemorate the fact that Jesus revived on the third day after death on the cross. Also called "Easter", has a habit of eating meat, bread and eggs. This is the first Sunday after the first full moon after the vernal equinox.

Margherita Petteicione
［Italy］

Pranza pasquale
Nel lavello inzia il controcanto

マルゲリータ　ペトリッチオーネ
［イタリア］

懐かしき唄をキッチン謝肉祭

- -

Stefania andreoni
［Italy］

preparativi-
il profumo penetrante dell'arrosto pasquale.

ステファニア　アンドレオニ
［イタリア］

復活祭ロースト肉に味染みて

- -

Natalie Real
［France］

dimanche de Pâques –
les agneaux tètent leur mère dans la prairie

ナタリー レアル
［フランス］

子羊は母を恋ひたる復活祭

Siu Hong TAN　［Irene Tan］
［Indonesia］

Easter Day
white candles melting silently

シウ ホング タン
［インドネシア］

復活祭蝋燭しろく溶けにけり

Marin RADA
［Roumania］

la flamme vivante –
bougies allumées dans la nuit de Pâques

マリン ラダ
［ルーマニア］

蝋燭のほむらの生きて復活祭

Sylvie Théraulaz
［France］

un air de clochettes -
Pâques dans l'herbe du pré

シルビー テロラズ
［フランス］

鈴蘭のはるかに匂ふ復活祭

Fabiola Marlah
［Mauritius］

Fête de pàques
lumière irisée

ファビオラ　マラー
［モーリシャス］

虹色の光はらはら復活祭

Mirela Brailean
［Roumania］

Easter -
the same sound of bells everywhere

ミレラ　ブライレーン
［ルーマニア］

鐘の音のおそらく同じ復活祭

Soucraminien Marie
［France］

Dimanche de pàques-
Un noeud plus gros dans ses cheveux

スークラマニエン　マリー
［フランス］

できるだけ大きなリボン復活祭

Stefania Andreoni
［Italy］

domenica di Pasqua-
brulichio di gente nel parco fiorito.

ステファニア　アンドレオニ
［イタリア］

復活祭花をうべなふ人あまた

タンポポ 亜仁寿
［Indonesia］

Easter -
knife sinking on birthday cake

タンポポ　アニス
［インドネシア］

復活祭ケーキに沈むべくナイフ

Mine MUKOSE ［Japan］ ／ 向瀬美音 ［日本］

洗礼を受くる稚児の目復活祭

Pâques
regard pur de l'enfant baptisé

Easter
pure look of the baptized child

動
物

dōbutsu

animals

animaux

お玉杓子【おたまじゃくし】
otamajakushi / tadpole / têtard

« ladle »
It is the frog's child. It is adorable that they swim a little while and their
limbs grow gradually and the tail goes away. It has this name because its
shape resembles a ladder.

Seby Sebi
[Roumania]

Swimming tadpoles
Thin water waves in her palm

セビー セビ
[ルーマニア]

てのひらの微かな水に蝌蚪の国

Nadia Ben
[Algeria]

Au bord d une marre
des têtards font des sauts sur l'herbe

ナディア　ベン
[アルジェリア]

葉の上を飛べる蝌蚪なり沼しづか

Mirela Brailean
[Roumania]

tadpoles -
the shadows of little pearls searchers diving

ミレラ　ブライレーン
[ルーマニア]

真珠にはあらねど蝌蚪の潜きけり

Hélène Phung
[Vietnam]

cascades de verdure-
têtards grouillant sous la pierre

エレン　フング
[ヴェトナム]

あをあをと水落つ蝌蚪は石の下

102

Igorina Darsa
[Indonesia]

sound of rain falling on lotus leaves
tadpole

イゴリナ ダルサ
［インドネシア］

大き葉に落つる雨音蛙の子

Mircla Brailean
[Roumania]

tadpole —
so far from my childhood

ミレラ　ブライレーン
［ルーマニア］

お玉杓子幼きころの遠きこと

Mohammad Azim Khan
[Pakistan]

grandpa fishing
grandson catching tadpoles.

モハメッド　アジム　カン
［パキスタン］

祖父は釣り孫は蝌蚪など追ひにけり

Yufung Hong
[Taiwan]

lake on the mountain
tadpoles glowered with white eyes

ユーフェン　ホング
［台湾］

山の池蝌蚪の目白く睨みたる

蛙【かわず】
kawazu / frog / grenouille

"frog"
The frog begins to crowingly seeking females when water is settled in the field. Keep crying all day and night, inviting the cuddly.

Daniele DUTEUL
[France]

la voix des grenouilles
ses excuses sonnent faux

ダニエル　ヂュトウイユ
[フランス]

遠蛙言ひ訳は嘘とも思へ

Evangelina
[Indonesia]

nuit dans le marais —
les grenouilles flirtent entre le jonc et le
nénuphar.

エヴァンジェリナ
[インドネシア]

蓮に恋藺草にも恋夜の蛙

Agnès MALGRAS
[France]

des grenouilles –
mille choristes chantent

アグネス　マルグラ
[フランス]

千人のしづくのやうに蛙鳴く

Corina Margareta Cristian
[Roumania]

le saut de la grenouille
le refrain de notre chanson

コリナ　マーガレタ　クリスチアン
[ルーマニア]

蛙飛ぶ我らは歌をくりかへし

Mine MUKOSE [Japan] ／ 向瀬美音 [日本]

遠蛙夕餉整へ髪を梳く

la grenouille coasse au loin　　　　the frog croaks off
la table du soir est prête　　　　　the evening table is ready

鴬【うぐいす】
uguisu / bush warbler / rossignol

"bush warbler"
The nightingale is a bird telling the spring. Loving its voice from the ancient
times, it first voice was popular. Because it comes to sucking plum blossom
nectar, it has been said "bush warbler in the plum tree" from olden days, and
it has been regarded as the bird of plum. At first, the bad cries also become
beautiful as the spring becomes longer, and when it gets summer bush war-
bler, it becomes a shaky cry.

Isni Heryanto　　　　　　　　　　イスニ　ヘルタント
[Indonesia]　　　　　　　　　　　[インドネシア]

nightingale　　　　　　　　　　　鴬の声や夜汽車は駅を発ち
sound of the departure of the night train.

Mirela Brailean　　　　　　　　　ミレラ　ブライレーン
[Roumania]　　　　　　　　　　　[ルーマニア]

end of war -　　　　　　　　　　戦争の終はりてしるき初音かな
the first nightingale's song

Mafizuddin Chowdhury
[India]

song of a nightingale
tasting sweet my morning coffee.

マフィズディン　ショウドハリー
[インド]

鶯の声や珈琲甘きこと

Cucu Hermawan
[Indonesia]

nightingale sings at night –
my son comes soon

クク ヘルマワン
[インドネシア]

鶯の夕鳴きやがて子の還り

Castronovo Maria
[Italy]

canto dell'usignolo -
prove di solfeggio della nipotina

カストロノボ マリア
[イタリア]

鶯やソルフェージュなる試験受け

Siu Hong TAN　[Irene Tan]
[Indonesia]

unceasing voice of nightingale
should I go to bed?

シウ ホング タン
[インドネシア]

絶え間なき鶯やがてねむれるか

Sophie Copinne
[France]

le chant d'un rossignol accompagne l'aurore
la lune s'évanouit

ソフィー コッピン
[フランス]

あかときの鶯月のはや消えて

Angela Giordano
[Italy]

un usignolo
il libro lasciato a metà

アンゲラ　ギオルダーノ
[イタリア]

鶯や半ば読みたる本ありて

Francoise Maurice
[France]

petit-déjeuner
le rossignol siffle son bonheur

フランソワーズ　モリス
［フランス］

幸せと呼べる朝食春告鳥

Seby Sebi
[Roumania]

nightingale -
she yearns for her lost voice...

セビー セビ
［ルーマニア］

鶯や失へる声欲しき声

Christina Chin
[Malaysia]

a l o n e
in the silence sweet nightingale song..

クリスティーナ チン
［マレーシア］

静けさに鶯の声甘からむ

Mine MUKOSE [Japan]　／　向瀬美音［日本］

鎧戸を押すや比叡の匂鳥

ouverture de persiennes
rossignol de Hiei

opening of shutters
Nightingale of Hiei

雲雀【ひばり】
hibari / lark / alouette

"lark"
Larks are making nests in the wheat field, soaring in the sky in the spring, and singing calmly all day.

Mirela BRĂILEAN
［Roumania］

larks in the sky -
my sadness flew away

ミレラ　ブライレーン
［ルーマニア］

悲しみの飛んでゆきさう揚雲雀

Isni HERYANTO
［Indonesia］

lark
sound of a shepherd's flute in the meadow

イスニ　ヘルヤント
［インドネシア］

横笛は羊飼かと揚雲雀

Sebi Seby
［Roumania］

a long road on the field of lark;
step by step on foot

セビー セビ
［ルーマニア］

一歩ずつ踏める野原や揚雲雀

Ana Irina
［Roumania］

lark's song –
back to my hometown

アナ　イリナ
［ルーマニア］

ひばりひばり我を呼ばざる故郷など

Christina Chin
[Malaysia]

ascension of larks
the meadow ripples laughter

クリスティーナ
［マレーシア］

笑ふごと草々なびき揚雲雀

Ana Irina
[Roumania]

lark's song —
in your eyes so many words

アナ　イリナ
［ルーマニア］

君の目にことばのあふれ揚雲雀

Claire Gardien
[France]

lever du soleil
les trilles de l'alouette dans mon café noir

クレール　ガーディアン
［フランス］

珈琲よ雲雀はあかときを震へ

Tomoko SOGO
[Japan]

larks in the evening;
shadows spending in the sunset

十河 智子
［日本］

夕雲雀落暉に遊ぶ影として

Mine MUKOSE [Japan] ／ 向瀬美音［日本］

ひばりひばりマーマレードを煮てをりぬ

Alouette alouette
Je cuis la confiture d'orange

Lark lark
Making marmalade jam

燕【つばめ】
tsubame / swallow / hirondelle

« swallow »
In spring, the swallow comes from the south, grows chicks by making nest at the eaves of people's houses. Spring is near as soon as you see the first swallow.

タンポポ亜仁寿
[Indonesia]

swallow's tail splits and cuts out the sky blue
train whistle

タンポポ　アニス
［インドネシア］

汽笛はるか燕は空を切りわけて

Florin C. Florian
[Roumania]

flock of swallows...
my father's tailcoat fits me much better

フロラン　フロリアン
［ルーマニア］

群れ燕吾に合ふ父の燕尾服

Hassane ZEMMOURI
[Algeria]

The coming and going of the swallows
Girls playing jumping rope

ハッサン　ゼムリ
［アルジェリア］

つばくらめ縄跳び興じ少女たち

Florin C. Florian
[Roumania]

house in ruins -
swallows repairing the old nest

フロラン　フロリアン
［ルーマニア］

かのつばめ廃墟の古巣直したる

110

Isni Heryanto
[Indonesia]

miss the grandpa's house in the village
swallow

イスニ　ヘリャント
［インドネシア］

この村の祖父の家潰ゆつばくらめ

Dennys CAMBARAU
[Italy]

Pure ora vedo rondini all'imbrunire-
le vecchie case

デニス　カンバラウ
［イタリア］

黄昏や家の古きをつばくらめ

Maria Teresa Piras
[Italy]

sono tornate le rondini -
mia figlia dall'altra parte del mondo

マリア　テレサ　ピラス
［イタリア］

つばくらや子は日本の裏側に

Billy Antonio
[Philippines]

garden wedding
the chirps of a baby sparrow

ビリー　アントニオ
［フィリピン］

子燕の声や庭園結婚式

Mine MUKOSE [Japan] ／ 向瀬美音 ［日本］

空の色知り尽くしたるつばくらめ

hirondelle
familière de toutes les couleurs du ciel

swallow
familiar with all the colors of the sky

引鶴【ひきづる】
hikizuru / crane flying north / grue volant vers le nord

"cranes flying north"
Cranes that go beyond winter in Japan will return to the north. Cranes fly to Japan from Siberia around October and return around March.

Evangelina
[Indonesia]

crane flying north
a wedding invitation from someone I used to know

エヴァンジェリナ
[インドネシア]

引鶴や招待状のつと届き

Mireille Peret
[France]

grue volant vers le nord
mon fils en Chine...

ミレイユ　ペレ
[フランス]

鶴引くや中国に住む息子ゐて

Cucu Hermawan
[Indonesia]

crane flying north-
some of them has become a mother

クク　ヘルマワン
[インドネシア]

引鶴や母になりたる人少し

Sarra Masmoudi
[Tunisia]

avions immobiles sur le tarmac-
grues volant vers le Nord.

サラ　マスモウディ
[チュニジア]

飛行機のかたまりてをり鶴引けり

Mirela BRĂILEAN
[Roumania]

cranes flying to the north -
the mailbox still empty

ミレラ　ブライレーン
［ルーマニア］

うつろなる郵便受けや鶴帰る

Seby Sebi
[Roumania]

broken sails in the wind —
cranes flying over the sea

セビー セビ
［ルーマニア］

風に帆のずたずたとなり鶴帰る

Ninok RUHIYAT
[Indonesia]

crane flying north
hope see him again soon

ニノック　ルイヤト
［インドネシア］

引鶴や疾風のやうに会ひたくて

Benedetta Ci
[Italy]

cranes flying North
silent street on my return home

ベルナデット　シー
［イタリア］

おごそかに故郷の道や鶴帰る

Ana Irina
[Roumania]

crane flying north -
I unpack my luggage

アナ　イリナ
［ルーマニア］

引鶴や荷物をすぐにほどきたる

Nani Mariani
[Indonesia]

cranes flying north
you promise to come back again

ナニ　マリアニ
［インドネシア］

戻るてふ約束ひとつ鶴引けり

Castronovo Maria
[Italy]

Gru che volano a Nord -
Quanta tristezza in ogni addio.

カストロノボ　マリア
［イタリア］

引鶴やなべて悲しみ神はもち

Tomoko SOGO
[Japan]

crane flying north;
an large marsh becomes empty

十河 智子
［日本］

引き鶴や広き湿原からっぽに

Mine MUKOSE [Japan]　／　向瀬美音［日本］

空つぽの郵便受けや鶴帰る

grues volant au nord
boite aux lettres vide

cranes flying north
empty mailbox

囀【さえずり】
saezuri / twitter, twittering / gazouillis

« warble »
In spring, the birds sing the song of love. This is the warble. You can hear
birds crying through the four seasons, but "warble" as a season word is the
crying of spring courtship.

Margherita Petriccione
[Italy]

a tratti un cinguettio -
il crepuscolo sulle mie palpebre

マルゲリータ　ペトリッチオーネ
［イタリア］

囀や瞼の上の黄昏へ

Hassane Zemmouri
[Algeria]

Birds chirp
Silence in the school library

囀や静かな図書館に眠り

ハッサン　ゼムリ
［アルジェリア］

Jeanine Chalmeton
[France]

au pied de l'arbre bébé s'endort -
le gazouillis d'un oiseau

囀や木の根に赤ちやんの眠り

ジャニン　シャルメトン
［フランス］

Neni Rusiliana
[Indonesia]

twittering birds -
the monks stop praying

囀や僧は祈りをつと止めて

ネニ　ルシリアナ
［インドネシア］

Ninok Ruhiyat
[Indonesia]

twittering
a pair of birds chasing each other on tree
branch

囀や一対の鳥もとめ合ひ

ニノック　ルイヤト
［インドネシア］

Mafizuddin Chowdhury
[India]

twittering birds
the stream reflects sun rays..

囀や小川はかくもかがようて

マフィズディン チュードウリー
［インド］

Fractled
[America]

sunrise
the constant twitter of words ..

あかときへ続く言葉を囀りぬ

フラクトウルド
［アメリカ］

Mine MUKOSE [Japan] ／ 向瀬美音 [日本]

囀りや真珠のピアス揺れてをり

gazouillis   warble
tremblement des boucles d'oreille en perles   trembling pearl earrings

鱒【ます】
masu / trout / truite

« trout »
Target fish for fishing from North America. There are many varieties, and
have been eaten by Japanese people since ancient times. There are black
points throughout the body.

Nathalie Réal   ナタリーレアル
[France]   [フランス]

brindilles venant d'ailleurs au fil de l'eau-   逆流に鱒や小枝の流れきて
à contre-courant les truites

Ninok Ruhiyat   ニノック　ルイヤト
[Indonesia]   [インドネシア]

lake in the forest   森深し鱒は湖面に触れにける
trout thouches surface of the water

Mireille Peret   ミレイユ　ペレ
[France]   [フランス]

iridescence des truites arc-en-ciel   川歌ふ鱒は虹いろ尽しつつ
le chant du ruisseau...

Neni Rusliana
[Indonesia]

father and son silently don't talk
trout fishing.

ネニ　ルシリアナ
［インドネシア］

鱒釣や寡黙をよしとして父子は

Jean Luc Werpin
[Belgium]

vif éclair
au fil de l'eau la truite..

ジャンリュック　ヴェルパン
［ベルギー］

閃光や直なる水を鱒はゆき

Mine MUKOSE [Japan] ／ 向瀬美音［日本］

しろがねの光放ちし鱒の群れ

éclats de lumière argentée
banc de truites

releasing silver light
school of trout

初蝶【はつちょう】
hatsuchō / first butterfly / premier papillon

« first butterfly »
It is the butterfly to be seen for the first time in the spring. Many times we
see small butterflies.

Mirela Duma
[Roumania]

le premier papillon -
petites fleurs partout dans la plaine

ミレラ ヂュマ
［ルーマニア］

をちこちに小さき花々紋白蝶

タンポポ 亜仁寿
［Indonesia］

first butterfly
statue of virgin Mary holding baby Jesus

タンポポ　アニス
［インドネシア］

初蝶やイエスを抱けるマリア像

Hassane Zemmouri
［Algeria］

The first butterfly
The groom unveils the bride's face

ハッサン　ゼムリ
［アルジェリア］

初蝶やヴェール取りたる花嫁は

Li
［Indonesia］

first butterfly
colorful flowers on top of the head.

リー
［インドネシア］

あざやかな花かんむりへ蝶々来

Igorina Darsa
［Indonesia］

first butterfly
empty chrysalis hanging on branch

イゴリナ ダルサ
［インドネシア］

蝶生るからの蛹のぶら下がり

Nuky Kristijno
［Indonesia］

first butterfly
baby giggles at the swaying flower..

ナッキー　クリスティジーノ
［インドネシア］

初蝶や赤子は揺るる花が好き

Lilas Ligier
［France］

Premier papillon
écarquillés les yeux de la fillette.

リラ　リジエ
［フランス］

つぶらなる少女の瞳初蝶来

Neni Rusliana
[Indonesia]

first butterfly
the little girl with wildflowers crown

ネニ　ルシリアナ
[インドネシア]

初蝶や少女のあはき花かんむり

Fractled
[America]

hearts a flutter
the first butterfly

フラクトウルド
[アメリカ]

初蝶や震への及ぶわがこころ

Francesco Palladino
[Italy]

first butterfly
I forgot her name

フランシスコ　パラディノ
[イタリア]

初蝶やかの人の名を忘れたる

Eugénia Paraschiv
[Roumania]

l`aube dans le battement de la cloche -
premier papillon

エウジェニア　パラシヴ
[ルーマニア]

初蝶や暁鐘の音のひろごりて

Mafizuddin Chowdhury
[Indonesia]

flying first butterfly from flower to flower
smiling of the baby .

マフィズディン　ショウドハリー
[インドネシア]

花々をめぐる初蝶赤子笑む

Francesco Palladino
[Italy]

just married
among orange blossoms a butterfly

フランチェスコ　パラディノ
[イタリア]

新婚や蜜柑の花の奥に蝶

Nuky Kristijno
[Indonesia]

spring air
the first butterfly on her sketch book.

ナッキー　クリスティジーノ
［インドネシア］

初蝶や春風届く写生帳

Tim Garnier
[England]

first butterfly
the last lie from my love

ティム ガルニエ
［イギリス］

こひびとの最後の嘘や初蝶来

Mafizuddin Chowdhury
[India]

first butterfly
 the last kid of nursery school

マフィズディン　ショウドハリー
［インド］

託児所にひとり残る子初蝶来

Choupie Moysan
[France]

bisous sur ses paupières—
premiers papillons

シュピー　モイサン
［フランス］

初蝶や瞼の上にくちづけて

Françoise DENIAUD-LELIEVRE
[France]

lande déserte
sur la lande fleurie le premier papillon

フランソワーズ　ドニオ　ルリエーブル
［フランス］

すさびたる地や初蝶は華となり

Li
[Indonesia]

first butterfly
a floral scent of her body.

リー
［インドネシア］

初蝶や君の肌のかぐはしき

Mine MUKOSE [Japan] ／ 向瀬美音 ［日本］

初蝶やシルクロードを飛ぶつもり

premier papillon
prêt à voler sur la route de la soie

first butterfly
ready to fly on the Silk Road

◆

初蝶や春の香りを翅に乗せ

premier papillon
senteur de printemps sur ses ailes

first butterfly
spring scent on its wings

◆

寄り添うてまた離れては紋白蝶

s'approchent et s'éloignent aussitôt
deux papillons

approach and move away immediate-
ly two butterflies

蜂 【はち】
hachi / bee / abeille, guêpe, frelon

"bee"
Insects that live mainly focusing on queen bees. While female workers col-
lect nectar, the queen bee keeps laying eggs. Male exist only for mating with
the queen bee. Sometimes they stab the people to protect their nest.

Margherita Petriccione
[Italy]

マルゲリータ　ペットリチオーネ
［イタリア］

a flower open to a bee –
listening to his explanations

蜜蜂にその訳聞いて花はひらく

Francoise Maurice
［France］

réunion de famille
les abeilles dans les fleurs d'acacia

フランソワーズ　モリス
［フランス］

アカシアと蜜蜂そして家族かな

Naja
［France］

hôtel des prés
accueillir les premières abeilles

ナジャ
［フランス］

初めての蜜蜂迎へ野のホテル

Francoise Maurice
［France］

tombée du jour
le doux bourdonnement de l'abeille au travail

フランソワーズ　モリス
［フランス］

黄昏や働き蜂の翅音疾く

Li
［Indonesia］

ears buzzing
sound of a bee in the flower petals.

リー
［インドネシア］

耳鳴に似て花の上の蜜蜂よ

植物

shokubutsu

plant

plante

梅【うめ】
ume / plum, Japanese apricot, plum blossom in flowers / prune,
prunier en fleurs

"plum"
Plum blossoms white flowers in the early chilly spring. It has been loved by
Japanese people with cherry blossoms since ancient times, and has been
written in many poerty songs. It is better than cherry blossoms in fragnance.

Chie SETIAWATI
[Indonesia]

plum blossom
first cry of the new baby born

チイ　セティアワティ
[インドネシア]

産声をゆたかに赤子梅の花

Rachida Jerbi
[Tunisia]

fleur de prunier
la boîte à broderie de sa grand mère

ラチルダ　ジェルビ
[チュニジア]

梅が香や祖母の遺品の刺繍箱

Anne-Marie Joubert-Gaillard
[France]

Fleur de Prunier
Le prénom simple et délicat de la jeune fille

アンヌマリー　ジュベール　ガヤール
[フランス]

紅梅や少女の持てる優しき名

Jean-Philippe Goetz
[France]

bourgeons de prunus
au loin déjà les cigognes

ジャンーフィリップ　ゴエズ
[フランス]

はるかよりはやこふのとり梅の花

124

Mireille Peret
[France]

maison abandonnée
le vieux prunier bientôt en fleurs

ミレイユ　ペレ
［フランス］

廃屋の老梅の花ざかりなる

- -

タンポポ 亜仁寿
[Indonesia]

the fragrant wind direction
white plum blossom

タンポポ　アニス
［インドネシア］

風上を見やればすでに梅真白

- -

Evangelina
[Indonesia]

plum blossom
the love letter I wrote you

エヴァンジェリナ
［インドネシア］

恋文をすでに書きけり梅日和

- -

Nuky Kristijno
[Indonesia]

plum blossom
mother home made jams for the bazaar

ナッキー　クリスティジーノ
［インドネシア］

バザーのため果実煮る母梅日和

- -

Joëlle Ginoux-Duvivier
[France]

fleurs de prunier sorties trop vite et envolées
mes enfants adultes

ジョエル　ジヌー　ドウヴィヴィエ
［フランス］

白梅や思春期の吾子忙しなく

- -

Gerard Marechal
[France]

dernières ombres-
les fleurs du prunellier s'ouvrent au chant du
coucou

ジェラール　マレシャル
［フランス］

郭公も野梅も影を持ちにけり

Christina SNG
[Singapore]

letting go of old hurts
plum blossoms

クリスチーナ SNG
[シンガポール]

古傷は古傷のまま梅の花

- -

Dr. Aniko PAPP
[Hungary]

Even a noble heart blooms
plum blossom

アニコ　パップ
[ハンガリー]

高潔な心にも咲く梅の花

- -

Tomoko SOGO
[Japan]

white plum blossoms;
brightening now the corner of the garden

十河 智子
[日本]

白梅や庭の隅今輝きぬ

- -

Mine MUKOSE [Japan] ／ 向瀬美音 [日本]

紅梅や恋は淡きにとどまらず

Fleur de prunier rouge
Pas d'amour léger

Flower of red plum tree
No light love

白梅や天平時代より香り

fleur blanche de prunier
parfum de la période Nara

white flower of plum tree
perfume from Nara periode

桜【さくら】
sakura / cherry blossom in flower / cerisier en fleurs

"cherry blossoms"
Cherry blossoms are flowers in flowers. It is a flower that has been sung in poetry since ancient times and has been loved by Japanese people.

Fractled
[America]

フラクトウルド
[アメリカ]

cherry blossoms
the grip of her new lover's hand

さくらさくら恋人の手を握るべく

Cristiane OURLIAC
[France]

クリスチアン　ウリヤック
[フランス]

floraison des cerisiers
le cours de gym au complet

満員のジム教室や夕桜

Mohammed Benfares
[Morocco]

モハメッド　ベンファレス
[モロッコ]

cerises
silhouette voluptueuse de la demoiselle

朝ざくらふつくらと立つ少女ゐて

Lilas Ligier
[France]

リラ　リジエ
[フランス]

Fleurs de cerisier
sur le banc chuchotements de filles.

ひそひそと娘の話す桜かな

Fractled
[America]

closing the distance between us
cherry blossoms

夜桜やいつしか近くなる二人

Siu Hong-Irene Tan
[Indonesia]

cherry blossoms
hundreds of words can surely not be held

幾百のことばの滅ぶ桜かな

シー　ホング イレー　ヌタン
[インドネシア]

Eugénia Paraschiv
[Roumania]

fleurs de cerisier –
le battement du coeur dans un instant

夜桜や鼓動のつねになくひびき

エウジェニア　パラシヴ
[ルーマニア]

Billy Antonio
[Philippines]

renewing our vows
cherry blossoms

新しき誓ひ求むる桜かな

ビリー アントニオ
[フィリピン]

Pasquale Asprea
[Italy]

Schiarita sul mare
le pozzanghere piene di petali

やがて海を明るくすべく花筏

パスカル　アスプレア
[イタリア]

Christina SNG
[Singapore]

cherry blossoms
my daughter turns ten

花の雲まもなく十になる娘

クリスティーナ
[シンガポール]

Chiaki Nakano
[Japan]

in the weeping cherry tree
another world there

中野千秋
[日本]

枝垂れ桜その内側は別世界

Mine MUKOSE [Japan] ／ 向瀬美音 [日本]

さくらさくらふたたび恋に落ちにけり

cerisiers en fleurs
de nouveau tombée amoureuse

cherry blossom
falling in love again

◆

華やげる花壇や春の季語を摘む

splendide parterre de fleurs
cueillete de Kigo de printemps

splendid flowerbed
picking up spring Kigo

◆

さくらさくらこれが最後の恋かとも

cerisier en fleurs
peut être le dernier amour

cherry blossom
may be the last love

◆

初桜花びら重ね肌重ね

premiers cerisiers en fleurs
pétale sur pétale, peau sur peau

first cherry blossom
petal on petal, skin on skin

落花【らっか】
rakka / fall of petals of cherry flowers / chute des pétales des cerisiers

飛花落花【ひからっか】
hikarakka / fall of petals, fall of cherry blossom / pluie de petales, pluie des petals des cerisiers en fleurs

"falling flower"
After the cherry blossoms have bloomed, it will be scattered. Saying "flower blowing snow", "cherry blowing snow", petals are scattered at once like blowing snow.

The cherry blossoms fall past the peak. Speaking of "flower snowstorm" or "cherry blossom snowstorm", petals are scattered at once like snowstorm.

Eugenia Paraschiv
[Roumania]

chute de pétales -
les enfants jouent à la marelle

エウジェニア　パラシヴ
[ルーマニア]

石蹴に子らの興ずる落花かな

- -

Seby Sebi
[Roumania]

petals falling falling -
is this embrace everlasting?

セビー セビ
[ルーマニア]

とこしへの抱擁なるや飛花落花

- -

Corina Margareta Cristian
[Roumania]

chute des pétales
la nostalgie d'une promenade au bord de la mer

コリナ マーガレタ　クリスティン
[ルーマニア]

懐かしき海を思へば落花かな

Sarra Masmoudi
[Tunisia]

sans arrêt sourit le bébé-
chute de pétales.

サラ　マスモウディ
［チュニジア］

ひねもすを笑ふ赤子や桜散る

Loch Aber
[France]

Chute de pétales
la robe safran du bonze..

ロック アベール
［フランス］

落花しきり蒸栗色のワンピース

Eugénia Paraschiv
[Roumania]

chute des pétales-
la douce tranquillité de la maternité

エウジェニア　パラシヴ
［ルーマニア］

産院の優しきしじま桜散る

Seby Sebi
[Roumania]

fall of petals -
between words only silence

セビー セビ
［ルーマニア］

静かなる言葉のあはひ花吹雪

Nazarena Rampini
[Italy]

le mani sulle mie ginocchia
i fiori di ciliegio continuano a cadere

ナザレナ　ランピーニ
［イタリア］

花吹雪膝に手を置くしづけさに

Corina Margareta Cristian
[Roumania]

chute de pétales
les couleurs des peintures dispersées

コリナ　マーゲリタ　クリスティン
［ルーマニア］

ばらばらと絵の具の色や桜散る

Jean Luc Werpin
［Belgium］

ジャンリュック　ヴェルパン
［ベルギー］

jardin public
une pluie de pétales roses habille Vénus

花吹雪そのただなかにヴィーナス像

Soucramanien Marie
［France］

スークラマニエン　マリー
［フランス］

Vague de doux baisers dans le cou-
Pluie de pétales

首筋はくちづけの海飛花落花

Sarra MASMOUDI
［Tunisia］

サラ　マスモウディ
［チュニジア］

puzzle dix milles pièces-
les pétales n'en finissent pas de tomber

一万のパズル片かと飛花落花

Mine MUKOSE [Japan] ／ 向瀬美音 ［日本］

静けさや花の香りとその重さ

tourbillon de pétales de cerisier
parfum et légéreté

cherry petals swirl
perfume and lightness

花吹雪匂ひやかなる音したり

tourbillon de pétales de cerisier
murmure parfumé

cherry petal swirl
whisper of perfume

手のひらに転がすピアス花疲れ

boucle d'oreille roulant dans ma paume
rassasiée de fleurs de cerisiers

earring rolling in my palm
tired of cherry blossoms

◆

平城の花吹雪にぞ身を任せ

Nara, tourbillon de pétales de fleurs de
cerisiers Je me noye dedans

Nara, cascade of falling cherry
blossom Drowing in it

◆

飛花落花最後の恋に落ちにけり

tourbillon de pétales de fleurs de cerisiers
dernier grand amour

cascade of falling cherry blossom
last great love

◆

飛花落花全身で浴ぶ君の詩

tourbillon de pétales de fleurs de cerisier
mon corps aspergé de tes poèmes

cascade of falling cherry blossom
body sprinkled with your poems

牡丹の芽【ぼたんのめ】
botannome / bud of peony / bouton de pivoine

"peony bud"
A deciduous shrub that came from China during the Nara period. It is
strong against the cold, starts living in the ground from winter, and sprouts
in early spring. Scarlet thick sprouts have vitality, and will tell us the arrival
of spring.

Madeleine Duval
［France］

マドレーヌ　ヂュバル
［フランス］

Bouton de pivoine-
son petit cœur à l'échographie

超音波に小さき心臓牡丹の芽

Marin Rada
[Roumania]

boutons de pivoine -
tes lèvres rouges sur ma chemise..

マリン　ラダ
［ルーマニア］

ワイシャツに口紅牡丹芽吹きをり

Angèle Lux
[Canada]

57 printemps et comme la 1re fois
pivoines en bouton

アンジェル　リュックス
［カナダ］

五十七歳にひとつ加へて牡丹の芽

Lintang Ursa MAYOR
[Indonesia]

bud of peony
a little golden bug flying so close

リンタング　ウルサ　メイヤー
［インドネシア］

すれすれを金色の虫牡丹の芽

Hélène Phung
[Vietnam]

jeune fille en déshabillé-
boutons de pivoine

エレン　フング
［ヴェトナム］

幼らの裸にも似て牡丹の芽

Nuky Kristijno
[Indonesia]

bud of peony
the baby's rosy cheeks in the sun.

ナッキー　クリスティジーノ
［インドネシア］

牡丹の芽赤子のほほはばら色で

Claire Gardien
[France]

boutons de pivoines
l'allée du jardin étoilée de rosée

クレール　ガールディエン
［フランス］

みづみづしき星をいただく牡丹の芽

Castronovo Maria
[Italy]

Boccioli di peonia bianchi -
la sposa lancia il suo bouquet

カストロノボ マリア
[イタリア]

牡丹の芽新婦は花束を投げて

Anne Delorme
[France]

Bouton de pivoine
un peu de blush sur ses joues pâles

アンヌ　ドローム
[フランス]

牡丹の芽ひと刷毛の紅頬にさし

Ismahen Khan
[Tunisia]

bourgeons de pivoines
les couleurs vives de l'amour né

イスマヘン　カーン
[チュニジア]

牡丹の芽玲瓏と愛生まれたる

Christina Sng
[Singapore]

peony bud
my daughter the smallest in class

クリスティーナ
[シンガポール]

牡丹の芽吾子は教室一小柄

Mine MUKOSE [Japan] ／　向瀬美音 [日本]

千ほどの花びら秘めし牡丹の芽

étreinte de cent plis
la pivoine blanche

une hundred pleats piled
white peony Mine

花びらは蟻の迷路や牡丹の芽

pousses de pivoine
labyrinthe de fourmis dans les pétales

peony shoots
maze of ants in the petals

"rose bud"
Many rose buds begin to grow in March. The color varies from light green
to strong red.

Lintang Ursa Mayor
[Indonesia]

bud of rose
grandma talking a lot about love

リンタング　ウルサ　メイヤー
［インドネシア］

薔薇の芽や祖母は愛など語りつつ

タンポポ 亜仁寿
[Indonesia]

bud of rose
little girl dreams becoming a ballerina

タンポポ　アニス
［インドネシア］

薔薇の芽や少女の夢はバレリーナ

KUO Chih Ching
[Singapore]

rose bud
a poem title on the white paper

クオ　シ　シング
［シンガポール］

薔薇の芽や詩題のほかは白紙なり

Michelle Tilman
[Belgium]

lever du jour
dans le soliflore le bouton de rose rouge

ミシェル　ティルマン
［ベルギー］

朝まだき薔薇の蕾を一つ挿し

Igorina Darsa
[Indonesia]

bud of rose
my granddaughter's first smile.

イゴリナ　ダルサ
［インドネシア］

薔薇の蕾や吾子はじめての笑顔見せ

Anne Delorme
[France]

Bouton de rose -
ses petites joues pleine de joie..

アンヌ　ドローム
［フランス］

薔薇の芽や喜びに満ち小さき顔

Hassane Zemmouri
[Algeria]

bud of rose
the first word of love

ハッサン　ゼムリ
［アルジェリア］

薔薇の芽や初めて言ひし「愛し
てる」

Jean-Luc Werpin
[Belgium]

gonflé de sève
le bouton de la rose attend son heure

ジャンリュック　ヴェルパン
［ベルギー］

その時を待つ薔薇の芽の樹液かな

Castronovo Maria
[Italy]

Piccolo bocciolo di rosa -
Il primo rossetto sulle labbra della mia nipotina

カストロロロノボ　マリア
［イタリア］

薔薇の芽や子は初めての紅つけて

Marin Rada
[Roumania]

bouton de rose -
l'écho d'une danse en spirale

マリン　ラダ
［ルーマニア］

薔薇の芽や螺旋舞踊の余韻もて

Nani Mariani
[Indonesia]

bud of rose
my daughter fell in love..

ナニ　マリアニ
［インドネシア］

薔薇の芽や娘に初恋の気配

Mireille Peret
[France]

90 printemps
elle dorlote ses rosiers en boutons

ミレイユ　ペレ
［フランス］

薔薇の芽を大事にしたる卒寿かな

ミモザ【みもざ】
mimoza / mimosa / mimosa

"mimosa"
Native in Australia, planted in parks and gardens. The height is 15 meters.
Yellow flowers are blooming from February to April.

Billy ANTONIO
[Philipinnes]

mimosa
her first prom dance

ビリー　アントニオ
［フィリピン］

ミモザ咲く君はじめての舞踏会

Marin Rada
[Roumania]

tes regards réticents -
mimosa pudica

マリン　ラダ
［ルーマニア］

ためらひを瞳に湛へ花ミモザ

138

Seby Sebi
［Roumania］

mimosa flower -
she holds the sun in her hands?.

セビー セビ
［ルーマニア］

花ミモザその太陽を束にせり

Angela Giordano
［Italy］

mimosas
yellow clouds on the horizon

アンゲラ　ギオルダーノ
［イタリア］

花ミモザ黄色き雲とひびき合ふ

KENG Pin Toh
［Singapore］

mimosa
ust too shy to declare my love to beloved

ケング　ピン　トオ
［シンガポール］

告白をためらふミモザ咲くころは

Anne Delorme
［France］

Mimosa en fleurs –
le parfum du soleil suit mes pas

アンヌ　ドローム
［フランス］

太陽の匂ひをまとふミモザかな

Mine MUKOSE ［Japan］ ／ 向瀬美音 ［日本］

手に溢るるミモザ抱へて少女くる

Les bras débordant de mimosa
Une jeune fille apparaît

ams full of mimosa
young girl appears

ライラック【らいらっく】
rairakku / lilac / lilas

"lilac"
Deciduous trees with height of 3 to 6 meters. European origin. The small purple flowers gather and bloom around April. It is a fragnant flower, and it is often seen in Japan in cold countries of Hokkaido.

Ninok RUHIYAT
[Indonesia]

lilac perfume
my old diary lying on the dressing table

ニノック　ルイヤト
［インドネシア］

鏡台に古き日記やライラック

Neni RUSLIANA
[Indonesia]

Lilac blooms
the fragrance of days with you

ネニ　ルシリアナ
［インドネシア］

ライラック日々をあなたの香と
ともに

Emeraude DUMONT-COUTURIE
[France]

lilas enivrant -
mon chapeau emporté par le vent

エムロード　ヂュモン　クーチュリエ
［フランス］

飛ばさるる我が帽子なりライ
ラック

Mine MUKOSE [Japan]　／　向瀬美音 [日本]

うつすらと日記に香るライラック

douce fragrance dans journal intime
lilas

soft perfume in my diary
lilac

140

躑躅【つつじ】
tsutsuji / azalea / azalée

"azalea"
From late spring to early summer, colorful flowers bloom. Red azalea blooms like fire, and white azalea blooms like snow. After the cherry blossoms have fallen, it is the flower that colors the park and the street. The "rhododendron" which is a summer season word is a kind of "rhododendron azalea". Flowering is after mid-May. Flowers of azalea bloom first from the leaves, and flowers of rhododendron bloom after the leaves.

Mirela Brailean
[Roumania]

azalea blossoms –
my breast cancer is in remission

ミレラ　ブライレーン
［ルーマニア］

乳癌より生還したり白躑躅

Rosa Maria Di Salvatore
[Italy]

azalee -
il ricordo di mamma sempre nel cuore

ローザ　マリア　ディ　サルバトーレ
［イタリア］

躑躅咲く母との日々はとこしなへ

Mirela Brailean
[Roumania]

azalea blossoms –
the colorful laughter of children in the backyard

ミレラ　ブライレーン
［ルーマニア］

とりどりに笑ふ子らゐて緋の躑躅

Mirela Duma
[Roumania]

azalee -
le frisson de la première étreinte

ミレラ　ヂュマ
[ルーマニア]

初めての抱擁つつじさへ震ふ

Maria Teresa Piras
[Italy]

azalea bianca -
la leggerezza dei fiocchi di neve

マリア　テレサ　ピラス
[イタリア]

白躑躅粉雪ほどの軽さにて

Mine MUKOSE [Japan] ／ 向瀬美音 [日本]

寺町の昼の静けさ躑躅燃ゆ

Quiétude de midi dans le village du
temple Azalées en fleurs

Noon tranquillity in the temple village
Azalea blossom

木蓮【もくれん】
mokuren / magnolia / magnolia

"magnolia"
Deciduous trees. Spring, turn on the flowers before the leaves. White magnolia that makes flowers bloom like a white flame, and purple magnolia with purple outside and white inside, and the flowering time is a bit late for purple magnolia.

Margherita Pettricione
[Italy]

petali di magnolia-
distanze infinite del cielo

マーゲリタ　ペトリッチオーネ
[イタリア]

空までの距離はかりたく白木蓮

Neni Rusliana
[Indonesia]

the scent of magnolia
all my mother's memories appear in it

ネニ　ルシリアナ
[インドネシア]

母ここにゐるごと木蓮のかをり

Siu Hong TAN　[Irene Tan]
[Indonesia]

white magnolia blooms in my room
first honeymoon

シー　ホング　タン
[インドネシア]

蜜月はわが部屋にあり白木蓮

Benoit Robail
[France]

vocalises matinales
un peu plus de rose dans le magnolia

ブノア　ロバイユ
[フランス]

声出して木蓮はつかばら色に

Mirela Brailean
[Roumania]

buds of magnolia -
first twins's movements in my womb

ミレラ　ブライレーン
[ルーマニア]

もくれんや胎の双子の動きをり

Marin RADA
[Roumania]

magnolia en fleurs –
dans son vol libre un oiseau dans le ciel

マリン　ラダ
[ルーマニア]

鳥あれは自由不自由白木蓮

Angela Giordano
[Italy]

gloomy morning
a magnolia opens its white heart

アンゲラ　ギオルダーノ
[イタリア]

憂き朝や木蓮の白かがよへり

Françoise Gabriel
[Belgium]

brise absente de midi-
lentement s'épluche le magnolia rose

フランソワーズ　ガブリエル
［ベルギー］

風なくてゆるゆる開く紫木蓮

Ninok RUHIYAT
[Indonesia]

fragrant magnolia
teardrops in the corner of mother's eyes

ニノック　リヤット
［インドネシア］

白蓮や母の目尻に浮く涙

Lisbeth HO
[Indonesia]

ritual ceremony
a woman holding magnolia offers a prayer

リスベス ホー
［インドネシア］

式典の祈りの深き白木蓮

Yuhfen HONG
[Taiwan]

suddenly stopped at the holy mountain
white magnolia

ユーフェン　ホング
［台湾］

霊山にふと立ち止まる白木蓮

Tomoko SOGO
[Japan]

not yet having the gate installed;
a tree of purple magnolia

十河 智子
［日本］

門構えまだ調わず白木蓮

Mine MUKOSE [Japan] ／ 向瀬美音 ［日本］

白蓮や子宮の中の子の動き

magnolia blanc
les jumeaux bougent dans mon ventre

White magnolia
Twins kicking my belly

144

◆

紫木蓮をんなの業のすさまじき

magnolia mauve
karma d'une femme

Purple magnolia
Woman's karma

◆

木蓮や規則正しき子の寝息

magnolia blanc
respiration régulière d'un bébé

White magnolia
Regular respiration of a baby

◆

紫木蓮咲きたきやうに咲き乱れ

magnolia mauve
beauté en fleur ébouriffée

Mauve magnolia
Beauty in ruffled flower

藤【ふじ】
fuji / wisteria / glycine

"wisteria"
Wisteria is late spring, light purple flowers bloom. There is fragnance, elegance is swaying in the wind.

Soucramanien Marie
［France］

Jardin de glycine -
La cour de l'église bondée de mariées

スークラマニエン　マリー
［フランス］

藤の花新婦の教会に溢れ

Naziha Feddaoui
[Algeria]

Grappes de glycine
Une maison accueillante

ナジハ　フェダウイ
[アルジェリア]

居心地の良き家と思ふ藤の房

Françoise Gabriel
[Belgium]

maison d'en face à vendre-
le glycine généreuse

フランソワーズ　ガブリエル
[ベルギー]

満開の藤をあはれに売家かな

KUO Chih Ching
[Singapore]

blossoming wisteria pergola outside the
window a romance novel

クオ　チイ　チング
[シンガポール]

恋を読む窓外に藤あふれしめ

Igorina Darsa
[Indonesia]

morning tea
wisteria hanging on the terrace pergola

イゴリナ ダルサ
[インドネシア]

藤棚や朝の紅茶を少し吹き

Dennis Cambarau
[Italy]

il glicine pende sull'ampia veranda-
le tende nuove

デニス　カンバラウ
[イタリア]

カーテンにあらねど藤の垂れてをり

Lucia Cezara Plătică
[Roumania]

wisteria-
around the castle walls colored..

ルチア　セザラ
[ルーマニア]

城壁を囲む色なり藤の花

Pamela Coughlan
[Singapore]

old lady whispers in the wind
wisteria ...

パメラ　コフラン
[シンガポール]

藤垂れて風につぶやく老婦人

Li
[Indonesia]

the last embrace
wisteria in walls of the old house..

リー
[インドネシア]

最後の抱擁旧家を囲む藤の花

Saaber Chaaker
[Indonesia]

Retour au pays
Glycine décore le pont.

サーバー チャーカー
[インドネシア]

橋の辺の藤はなやかに帰郷かな

Choupie Moysan
[France]

vieux portail fermé à jamais
enlacement de la glycine

ショピー モイサン
[フランス]

藤咲いてとわに閉ざすと旧き門

Nadine Léon
[France]

reflet des glycines
la promesse d'un parfum surgit de la brume

ナディン レオン
[フランス]

藤の濃し霧と約束したるゆる

Sylvie Théraulaz
[France]

vagues de mélancolie -
les grappes naissantes des fleurs de glycine

シルビー　テロラズ
[フランス]

藤の花より鬱の波生まるると

Stefania Andreoni
［Italy］

notte senza stelle-
un dolce profumo dal glicine i fiore

ステファニア　アンドレオニ
［イタリア］

星見えぬ夜や藤の香のやはらかく

- -

Sylvie Théraulaz
［France］

glycines en fleur -
sous une arche ouvrant les yeux

シルビー テロラズ
［フランス］

藤棚やみひらくための眼持ち

- -

Dennis Cambarau
［Italy］

Wisteria in bloom-
the scent of my mother on the skin

デニス　カンバラウ
［イタリア］

母の香の吾が手にありぬ藤の花

- -

Mirela DUMA
［Roumania］

glycine -
your fingers sliding on piano keys

ミレラ　デュマ
［ルーマニア］

鍵盤を滑る十指や藤の花

- -

Michelle Tilman
［Belgium］

glycine en fleurs
un souffle de vent habille le silence

ミシェル　テイルマン
［ベルギー］

静かにも風は過ぎゆき藤の花

- -

Angiola Inglese
［Italy］

separazione -
nel cielo di stasera glicine e vento

アンギオラ　イングレーゼ
［イタリア］

夜深し藤と別るる風を見き

Rosa Maria Di Salvatore
[Italy]

glicine in fiore –
la delicatezza di un sussurro

ローザ マリア ディ サルバトーレ
［イタリア］

繊細にしてざわざわと藤の花

Isni Heryanto
[Indonesia]

waterfall
sunlight down through wisteria

イスニ　ヘヤント
［インドネシア］

滝のあり藤房透くる日差しあり

Claire Gardien
[France]

nuit douce
la dentelle suave de glycine berce mes rêves

クレール　ガーディアン
［フランス］

甘やかに藤の帳は夢揺らす

Karoline BORELLI
[Italy]

pomeriggio di primavera
la danza delle api intorno al glicine

キャロリン　ボレリ
［イタリア］

蜜蜂の舞ふ藤であり午後であり

Maria CASTRONOVO
[Italy]

cascate di glicine dal cielo -
c'è tutta la primavera nel mio giardino

マリア　カストロノーボ
［イタリア］

滝なして藤は空より来りけり

Maurizio PETRUCCIOLI
[Italy]

glicine a pioggia
la mente sta vagando come ruscelli

マウリチオ　ペテルッチオーリ
［イタリア］

流れゆく藤のごとくにわがこころ

Mine MUKOSE [Japan] ／ 向瀬美音 [日本]

藤棚を抜けて浮世のなまぐさし

parfum de la treille de glycine
retour dans l'ennui du monde

Fragrance of the trellis of wisteria
Return to twisted world

◆

藤棚の中の抱擁震へけり

courte étreinte sous la treille de glycine
je tremble

Short embrace under the trellis wisteria
Shivering

◆

蜜蜂も酔ひしれる香や藤の花

parfum de la treille de glycine
abeilles enivrées

Fragrance of the trellis of wisteria
Intoxicated bees

桃の花【もものはな】
momonohana / peach flower / fleur de pêcher

"peach flower"
Peach blooms pink flowers a little later to the cherry blossoms in late spring.

Nathalie REAL
[France]

ナタリー　レエル
[フランス]

allée de pêchers en fleurs –
le baiser des mariés

くちづける新婚夫婦桃の花

- -

Margerita Petriccione
[Itariy]

マルゲリータ　ペトリッチオーネ
[イタリア]

fiori di pesco –
quello che resta dell'alba

何ひとつ残らぬ夜明け桃の花

150

Eugenia PARASCHIV
［Roumania］

fleurs de pêchers
vos lèvres tremblent

エウジェニア　パラシヴ
［ルーマニア］

くちびるの震へ愛ほし桃の花

Mohammed Benfares
［Morocco］

fleurs de pêchers
un rendez-vous exceptionne

モハメッド　ベンファレス
［モロッコ］

桃の花けふ特別の逢瀬なる

Bernadette Couenne
［Italy］

Pétales de fleur de pêcher
Une touche de rose sur tes lèvres..

ベルナデット　クエンヌ
［イタリア］

桃の花君くちびるもやはらかく

Beni Yasin Guntarman
［Indonesia］

peach blossoms
I don't think of anything at this moment

ベニ　ギュッタールマン
［インドネシア］

何ひとつ思はぬ空や桃の花

Nuky Kristijno
［Indonesia］

peach flowers
a pot of tea for two

ナッキー　クリスティジーノ
［インドネシア］

桃の花二人のための紅茶淹れ

Billy ANTONIO
［Philipinnes］

sharing secrets with mother
peach blossom

ビリー　アントニオ
［フィリピン］

桃の花母と秘密を分かちあひ

Rosa Maria di Salvatore
[Italy]

peach flowers -
his love letter still in my hands

ローザ マリア ディ サルバトーレ
［イタリア］

緋桃咲くまだ手の中にラブレター

Mine MUKOSE [Japan] ／ 向瀬美音［日本］

ときめきは晩年にこそ桃の花

palpitement de mon coeur au soir de ma
vie fleur de pêcher

palpitation of my heart in the evening
of my life peach blossom

◆

晩年にとつておく恋桃の花

l'amour de mes derniers jours
fleurs de pêché

the love of my last days
peachtree flowers

梨の花【なしのはな】
nashinohana / pear flower / fleurs de poire

"pear flower"
Deciduous tree. It will be 10 meters high. The flower opens with new leaves
from late April to May. The color of the flower is white.

Mirela Brailean
[Roumania]

pear flowers -
mother's lips murmuring an old song..

ミレラ　ブライレーン
［ルーマニア］

梨咲いて母の口より旧き歌

Angiola Inglese
[Italy]

nuova diagnosi -
la metà fiorita del pero

アンギオラ　イングレーゼ
［イタリア］

診断の新し梨の花白し

Virgilio Donato Franzel
[Italy]

fiori di pero
primi peli sulle labbra di mio figlio

ヴィルグリオ　ドナト　フランゼル
［イタリア］

子のひげを初めて知りぬ梨の花

Mireille Peret
[France]

jeune poirier en fleur
une canne a rejoint son pas..

ミレイユ　ペレ
［フランス］

杖ついて若さを得たる梨の花

Castronovo Maria
[Italy]

Fiori di pero -
mille e più farfalle ad ogni alito di vento..

カストロノボ　マリア
［イタリア］

梨咲いて一斉に発つ千の蝶

Cucu Hermawan
[Indonesia]

even the mist will be sweet one day -
pear blossoms

クク　ヘルマワン
［インドネシア］

すばらしき霞賜り梨の花

Jeanine Chalmeton
[France]

promesses sucrées dans le verger ˉ
fleurs de poire...

ジャニン　シャルメトン
［フランス］

さういへば甘き約束梨の花

タンポポ 亜仁寿
［Indonesia］

the scent of pear blossoms along the home way
my blurred eyes

タンポポ アニス
［インドネシア］

目の霞む家路に梨の花ゆたか

タンポポ 亜仁寿
［Indonesia］

shadow of the anxiety in my life
the scent of pear flower

タンポポ　アニス
［インドネシア］

人の世に翳のあるなり梨の花

木の芽【このめ】
konome / shoot, sproute of trees / bourgeon, pousse d'un arbre

"sproute"
Budding of trees is development seen in the early spring, but plants that
sprout once in the spring and plants that sprout several times a year mainly
in spring and autumn exist. Also, besides spring, it may bud to sprout new
buds. The color of the tree bud varies from plant to plant. It is due to the
difference in the growth rate in the early stage of budding. New buds are
edible if they are scented and tasty plants.

Marin Rada
［Roumania］

récitant Baudelaire -
germination des graines..

マリン　ラダ
［ルーマニア］

木の芽どきボードレールを諳んじて

Sylvie Théraulaz
［France］

bourgeons -
un rang de boutons sur le bord des lèvres.

シルビー テロラズ
［フランス］

木の芽張るくちの周りの噴火めき

Marie Clara SOUCRAMANIEN
［France］

De nouveaux haikus sur le printemps-
Premier bourgeon

スークラマニエン　マリー
［フランス］

新しきときよ俳句よ木の芽吹く

Sarra Masmoudi
［Tunisia］

jeunes pousses
une nouvelle berceuse pour le bébé...

サラ　マスモウディ
［チュニジア］

芽起しやこの新しき子守唄

Sarra Masmoudi
［Tunisia］

test de grossesse positif -
premier bourgeon.

サラ　マスモウディ
［チュニジア］

木の芽張るみごもりたると検査室

Fabiola Marlah
［Mauritius］

bourgeon
le premier alphabet de l'enfant...

ファビオラ　マラー
［モーリシャス］

初めての ABC や木の芽どき

Mine MUKOSE [Japan] ／ 向瀬美音 [日本]

地球儀を指でなぞりし木の芽時

premier bourgeon
mon doigt parcourt la mappemonde

first sprout
my finger travels the world map

大粒の涙こぼるる木の芽時

premier bourgeon
une grosse larme

first sprout
a big teardrop

柳【やなぎ】
yanagi / willow, weeping willow / saule, osier

"willow"
Because in spring the soft leaves are as beautiful as smoke, it is regarded as a
spring season word. It has been planted in streets, parks and waterfronts,
and has been considered spiritual from ancient times.

Michelle Tilman
[Belgium]

Jeu de cache-cache
les chatouilles entres les branches du grand
saule

ミシェル　ティルマン
[ベルギー]

くすぐつたし柳の間のかくれんぼ

Christina Chin
[Malaysia]

the widow's flute song
a rustling willow...

クリスティーナ　チン
[マレーシア]

寡婦の吹くフルート柳さらとして

Mireille Peret
[France]

saule pleureur
dans son dos la cascade de ses cheveux

ミレイユ　ペレ
［フランス］

滝なせる黒髪背に枝垂柳

Marin Rada
[Roumania]

saule pleureur -
l'écho d'une vieille cloche remplit la vallée.

マリン　ラダ
［ルーマニア］

枝垂柳谷をとどろく古き鐘

Nuky Kristijno
[Indonesia]

weeping willow
writing the first book of spring poetry..

ナッキー　クリスティジーノ
［インドネシア］

枝垂柳最初のうたをしたためぬ

Keng Pin Toh
[Singapore]

weeping willow
writing poems by the lakeside

ケング　ピン　トー
［シンガポール］

詩を書くべく湖ありぬ枝垂柳

Giuliana Ravaglia
[Italy]

vecchio salice:
tutto il cielo sulle spalle

ギウリイアナ　ラヴァグリア
［イタリア］

肩先に空広がりて柳かな

Marin Rada
[Roumania]

salcie plângatoare –
palmele bunicului meu fac un semn de rămas
bun

マリン　ラダ
［ルーマニア］

さよならの祖父の手枝垂柳かな

Billy Antonio
[Philippines]

weeping willow
the length of a sigh

ビリーアントニ
[フィリピン]

溜め息も枝垂柳も長きこと

Hassane ZEMMOURI
[Algeria]

Un saule pleureur
Le lac est un miroir qui ne se casse pas

ハッサン　ゼムリ
[アルジェリア]

枝垂柳湖は割れざる鏡だと

Natalie Real
[France]

froides paroles –
une bise berce les chatons du saule

ナタリー　レアル
[フランス]

柳揺る寒き言葉の風下に

Yuhfen HONG
[Taiwan]

Kishu An Forest of Literature
willows green by the wood windows

ユーフェン　ホング
[台湾]

紀州庵木窓に柳青むなり

Tomoko SOGO
[Japan]

weeping willow rustling in my eyes;
to the castle

十河 智子
[日本]

柳目にそよがせながらお城まで

Mine MUKOSE [Japan] ／ 向瀬美音 [日本]

波打てる枝垂れ柳と黒髪と

cheveux noirs ondulés
saule pleureur

black wavy hair
weeping willow

チューリップ【ちゅーりっぷ】
chūrippu / tulip / tulipe

It blooms around April. There are red, white, yellow and purple. Dutch native. It is transmitted to Japan during the Edo period.

Mirela Brailean
[Roumania]

ミレラ　ブライレーン
[ルーマニア]

white tulip -
a bride in front of a church's door

教会の前に花嫁チューリップ

- -

Ana Irina
[Roumania]

アナ　イリナ
[ルーマニア]

red tulips -
she blows kisses towards me

キス投げてさらにあかあか
チューリップ

- -

Cucu Hermawan
[Indonesia]

ククヘルマワン
[インドネシア]

morning shine -
a tulip rooted in glass vase

朝日射す玻璃の花瓶やチュー
リップ

Soucramanien Marie
[France]

Cérémonie de mariage-
Les tulipes plus blanches que sa robe

スークラマニエン　マリー
［フランス］

式服よりさらに白くてチューリップ

Maria CASTRONOVO
[Italy]

ritorno a casa -
lungo il viale tulipani sull'attenti come soldatini

カストロノバ　マリア
［イタリア］

チューリップ兵士のごとく家路かな

Mafizuddin Chowdhury
[India]

tulip
festive fragrance in the breeze..

マフィズディン チュードウリー
［インド］

祝祭に似て風の香やチューリップ

Mohammad Azim Khan
[Pakistan]

red tulips
the bride in white dress arrives..

モハメッド　アジム　カン
［パキスタン］

純白の新婦に燃ゆるチューリップ

Ana Irina
[Roumania]

red tulips –
your red lips whispering to me

アナ　イリナ
［ルーマニア］

チューリップ赤しささやく君の
唇赤し

Ninok Ruhiyat
[Singapore]

white tulip
flowers full of memories in diary..

ニノック ルヤット
［シンガポール］

思ひ出は日記にチューリップ真白

Chiaki Nakano
[Japan]

tulip
little girl reading a book of upside down

中野千秋
[日本]

チューリップ子は逆さまの本を
読む

Mine MUKOSE [Japan] ／ 向瀬美音 [日本]

その一本紫紺なりけりチューリップ

Tulipes
L'une d'elles scintille de violet foncé

Tulips
Among them one deep violet glitters

シクラメン 【しくらめん】
shikuramen / cyclamen / cyclamen

"cyclamen"
It is native of the Mediterranean. You can enjoy flowers from winter to late
spring. Flowers are attached to heart shaped leaves. Flower color is white,
purple, pink.

Soucramanien Marie
[France]

Cyclamen-
Les jupes courtes à volant des jeunes filles

スークラマニエン　マリー
[フランス]

スカートのとみに短しシクラメン

Mirela Brailean
[Roumania]

cyclamen bicolore
my cheeks after the first kiss

ミレラ　ブライレーン
[ルーマニア]

はじめてのくちづけシクラメン並べ

Virgilio Donato Franzel
[Italy]

un ciclamino sotto il cespuglio
una ragazza si osserva il seno

ヴィルギリオ　ドナト　フランツエル
［イタリア］

ブラウスに薄き乳房やシクラメン

Mine MUKOSE [Japan]　／　向瀬美音 ［日本］

穏やかな夢の目覚めやシクラメン

doux réveil de mon rêve
cyclamen

soft awaking from my dream
cyclamen

ヒヤシンス【ひやしんす】
hiyashinsu / hyacinth / jacinthe

"hyacinth"
Asian origin. Small flowers that turn into flowers that stand in the open
leaves. The color of flowers is white, purple, pink, yellow, blue. The thick
leaves are also beautiful.

Mirela Brailean
[Roumania]

hyacinths -
the unforgettable smile on your face

ミレラ　ブライレーン
［ルーマニア］

忘れえぬ笑顔がひとつヒヤシンス

Michael Sukadi Sonokaryo
[Indonesia]

hyacinth stem
a wide woven hat hides your face

ミカエル　スカディ　ソノカリヨ
［インドネシア］

鍔広き帽子にかくれヒヤシンス

Anne Delorme
[France]

Mer de jacinthes -
le tendre parfum de mon enfance

アンヌ　ドウローム
[フランス]

ヒヤシンスやさしくひびく幼少期

Gina Bonasera
[Italy]

giacinti in fiore-
non servono parole basta il profumo

ジナ　ボナセーラ
[イタリア]

ヒヤシンス言葉を持たぬ匂ひかな

Angiola Inglese
[Italy]

nubi gonfie di pioggia-
giacinto in fiore

アンギオラ　イングレーゼ
[イタリア]

ヒヤシンス雨意を帯びたる雲の群れ

Castronovo Maria
[Italy]

giacinti in fiore -
finalmente il tuo ritorno

カストロノバ　マリア
[イタリア]

ヒヤシンス君のたうとう帰りくる

Corina Margareta Cristian
[Roumania]

jacinthes
tes mots trop parfumés

コリナ　マーゲリタ　クリスチアン
[ルーマニア]

かぐはしきあなたの言葉ヒヤシンス

Christina Sng –
[Singapore]

hyacinth
my sister pregnant again

クリスティーナ
[シンガポール]

ヒヤシンス姉のふたたびみごもりぬ

Siu Hong-Irene Tan
[Indonesia]

シウ　ホング　イレーヌ
［インドネシア］

white hyacinth
she hums the song of a mother's prayer

ヒヤシンス母の祈りを繰り返し

Chiaki Nakano
[Japan]

中野千秋
［日本］

Hyacinth
no end of poet's journey

ヒヤシンス詩人の旅は終らない

Mine MUKOSE [Japan] ／ 向瀬美音 ［日本］

ヒヤシンス窓より海を見るをんな

jacinthe
Une femme comtemple la mer à travers la baiea

hyacinth
A woman stares at the sea through the window

◆

ヒヤシンス愁ふる恋となる予感

jacinthe
Pressentiment d'un amour triste

hyacinth
premonition of a sorrowful love

スイートピー 【すいーとぴー】
suītopī / sweet pea / pois de senteur

"sweet pea"
It is a flower that blooms in spring, but plows in autumn. It plows from September to October. There is also an autumn seasonal word as "autumn flowers plow".

Mirela Brailean
[Roumania]

sweet pea –
milk teeth of my grandson in a smile..

ミレラ　ブライレーン
[ルーマニア]

スイートピー笑顔にのぞく乳歯かな

タンポポ 亜仁寿
[Indonesia]

sweet pea -
kid's fingers playing the violin

タンポポ　アニス
[インドネシア]

スイートピー子どもの手には
ヴァイオリン

Agnes Kinasih
[Indonesia]

scent of sweet pea
remember the last tale of grandma.

アグネス　キナシ
[インドネシア]

スイートピー祖母の最後の語りなど

Adonis Brunet
[France]

Pois de senteur
Un voile de brume sur le potager

アドニス　ブリュネ
[フランス]

スイートピー畑をうすき霧ながれ

Anne Marie Goubert gallard
[France]

grimpant sur la tonnelle
le dégradé pastel des pois de senteur

アンヌマリー　ジュベールガヤー
[フランス]

庭を這ふ色あはあはとスイートピー

Christina Sng
[Singapore]

sweet pea
bundling up my baby

クリスティーナ
[シンガポール]

丁寧に赤子を包むスイートピー

Anna Maria Domburg-Sancristoforo
[Nederland]

アンナ　マリア　ドンブルグ　サンクリストフォーロ
[オランダ]

nostalgia -
the flourishing scent of sweet peas

郷愁はスイートピーのかをりから

Anne Delorme
[France]

アンヌ　ドローム
[フランス]

Touche de fraîcheur dans son chignon-
pois de senteur.

あたらしきシニヨンを撫で
スイートピー

Mine MUKOSE [Japan] ／ 向瀬美音 [日本]

求めらるる人に傾くスイートピー

Inclinaison vers mes proches
Pois de senteur

Tilt towards my close friends
Sweet Pea

菜の花 【なのはな】
nanohana / rape blossoms / fleur de colza

It is a yellow flower. The yellow flower fields that spread all over are typical
of late spring. It is also used for food. There is also a seasonal word of "rape
changing into butterfly" as an example that the petals of the rape blossom
dance in the wind and fly around as a butterfly.

Mirela Brailean
[Roumania]

ミレラ　ブライレーン
[ルーマニア]

among the rape flowers the wind -
my whispers to parting.

「出発」とささやかれたる花菜風

Anne-Marie Joubert-Gaillard
[France]

Grappe de pissenlits accrochée au béton -
nature résiliente

アンヌマリー　ジュベール　ガヤール
[フランス]

花菜とてコンクリートを貫かん

Nuky Kristijno
[Indonesia]

windy morning
baby giggles and dancing petals of rape blos-
soms ...

ナッキー　クリスティジーノ
[インドネシア]

くすくすと赤子の咲ふ花菜風

Jean Luc Werpin
[Belgium]

colza et soleil
l'or des champs tutoie l'or du ciel

ジャンリュック　ヴェルパン
[ベルギー]

菜の花と太陽金を分かちけり

Abdallah Hajji
[Morocco]

fleur de colza
la fillette chassant le papillon jaune

アダラ　ハジイ
[モロッコ]

菜の花や日の色の蝶追ふ少女

Jean Luc Werpin
[Belgium]

fin de journée ˉ
le soleil fondu dans les champs de colza.

ジャンリュック　ウェルパン
[ベルギー]

菜の花に日のにじみたる夕間暮

Tomoko SOGO
[Japan]

one day's growth in the flower bowl;
rape blossoms

十河 智子
[日本]

菜の花や花器に一日の伸びを見
し

Mine MUKOSE [Japan] ／ 向瀬美音 [日本]

委ねたるこころとからだ花菜風

coeur et corps donné
brise du champs de fleurs de colza

given heart and body
wind of the rape blossom field

菫【すみれ】
sumire / violet, pansy / violette

The violet blooms a deep purple flower in spring. In love with its smallness,
Natsume Soseki said: "I was born to a small person like violet".

Daniele Duteil
[France]

le printemps s'éloigne
dans l'herbier une pensée

ダニエル　デュトウイユ
［フランス］

草原にパンジーひとつ春遠し

Rosa Maria Di Salvatore
[Italy]

journey back -
in my old diary a violet

ローザ マリア ディ サルバトーレ
［イタリア］

日記古し旅のすみれを挟みけり

Nathalie Réal
[France]

un tapis de violettes –
assis les moines et leur chapelet de bois.

ナタリー　レエル
［フランス］

僧は数珠持ちて座りぬ花菫

Mireille Peret
[France]

violettes
mes souvenirs parfumés...

ミレイユ　ペレ
[フランス]

香とともによみがへるもの花菫

Seby Sebi
[Roumania]

violettes sur la table de nuit -
dans chaque page un parfum différent..

セビー セビ
[ルーマニア]

一ページごとに菫の香を違へ

Eric Despierre
[France]

l'ombre de la lune
violettes dans un vase de jade

エリック　デスピエール
[フランス]

月さすや翡翠の瓶に花すみれ

Anne Delorme
[France]

Fleurs de violette -
les petits bonbons sucrés de mamie

アンヌ　ドウローム
[フランス]

祖母の飴つねに小さく花菫

Françoise Deniaud-Lelièvre
[France]

Violettes
mon vieux cahier d'écriture

フランソワーズ　ドウニオ　レーリエブル
[フランス]

菫の香残るノートの古さかな

Mirela Brailean
[Roumania]

carpet of violets -
my teenage girl's room

ミレラ　ブライレーン
[ルーマニア]

菫しきつめ十代の娘かな

Benoit Robail
[France]

maison paysanne
le discret parfum des violettes

ブノア　ロバイユ
［フランス］

田園やひそかに香るすみれ草

Mirela Brailean
[Roumania]

field of violets -
your eyes more blue than ever before

ミレラ　ブライレーン
［ルーマニア］

君の目は前より碧き菫かな

Nazarena Rampini
[Italy]

dopo la pioggia
tornano in giardino le viole

ナザレラ　ランピニ
［イタリア］

菫濃し私を帰す通り雨

Karoline BORELLI
[Italy]

cappella votiva
minuscole violette lungo la strada

キャロリン　ボレリ
［イタリア］

教会へ行く道すみれ咲ける道

Anne-Marie Joubert-Gaillard
[France]

jardin en friches -
sous mes yeux une violette se défroisse

アンヌマリー　ジュベール　ガヤール
［フランス］

足もとのすみれ乱るる荒地かな

Mine MUKOSE [Japan] ／ 向瀬美音 [日本]

埋められぬ井戸の深さや花菫

Profondeur du puits
Violette

Deepness of the well
violet

170

ふんはりと古き手紙に菫の香

Lettres d'amour d'autrefois
Doux parfum de violette

Old love letter
Sweet violet perfume

寂しさを覚えぬやうに花菫

Oublier la nostalgie
Violette

Forgetting nostalgia
Violet

被災せし屋根の隙間に菫咲く

Tremblement de terre
Les jeunes pousses de violettes dans les
lézardes du toit

Eqrthquake
Young violet bud on the cracks of the
roof

蒲公英【たんぽぽ】
tampopo / dandelion / pissenlit

The dandelion is a yellow sun-shaped flower. White flowers are also found in West Japan.

Hassane ZEMMOURI
[Algeria]

Dandelion field in front of our house
The wind vane turns and turns

ハッサン　ゼムリ
［アルジェリア］

たんぽぽや風向計のよく回り

Seby Sebi
[Roumania]

păpădie -
copiii se răsfiră din cercul alb

セビー セビ
[ルーマニア]

たんぽぽや白き円より子の散りて

Igorina Darsa
[Indonesia]

a girl lying on field of green grass
dandelion seeds in the wind

イゴリナ ダルサ
[インドネシア]

たんぽぽの絮や少女は草に寝て

Corina Margareta Cristian
[Roumania]

pissenlit
les mots d'amour volent partout

コリナ　マーガレタ　クリスチアン
[ルーマニア]

たんぽぽやをちこちへ飛ぶ愛の言葉

Eugénia Paraschiv
[Roumania]

voyage au bout du rêve -
pissenlit bouffée

エウジェニア パラシヴ
[ルーマニア]

たんぽぽの絮や夢路の果までも

Igorina Darsa
[Indonesia]

dendalion seed
we both lying on the green grass

イゴリナ ダルサ
[インドネシア]

たんぽぽの絮や芝生に寝転べば

Hassane ZEMMOURI
[Algeria]

Dandelions in the wind
In the sky scattered clouds

ハッサン　ゼムリ
[アルジェリア]

白雲やたんぽぽ風に乱されて

172

Agnès MALGRAS
[France]

le chemin se traine entre les pissenlits –
un papillon jaune

アグネス　マルグラ
[フランス]

たんぽぽの道を横切る蝶ひとつ

Yuhfen HONG
[Taiwan]

a floc of dandelion
end of grassland in the dream

ユーフェン　ホング
[台湾]

たんぽぽの絮草原の果の夢

Mine MUKOSE [Japan] ／ 向瀬美音 [日本]

石畳よりたんぽぽのたくましき

pissenlits entre les pavés
puissance de la vie

dandelion between stone pavement
power of life

金鳳花 【きんぽうげ】
kimpōge / buttercup / renoncule des champs

"golden rose"
It grows naturally in the field of sunny mountains and in fields. The yellow
five-flowered flowers bloom on the stern about 15 cm high. It is a bright and
friendly flower. It feels the coming of spring. It is distributed in Japan and
China.

Lidia Mandracchia
[Italy]

prato di ranuncoli:
io e te sulla stessa bicicletta

リディア　マンドラッチア
[イタリア]

自転車の二人乗りなり金鳳花

タンポポ 亜仁寿
[Indonesia]

my way home still shining
buttercup meadow at sunset

タンポポ　アニス
［インドネシア］

たそがれの家路をともす金鳳花

Michael Sukadi Sonokaryo
[Indonesia]

buttercup
the sun brightens at stretch of yellow petals

ミカエル　スカディ　ソノカリヨ
［インドネシア］

太陽に恵まれてをり金鳳花

Angiola Inglese
[Italy]

macchie di luce-
ranuncoli fra l'erba rada

アンギオラ　イングレーゼ
［イタリア］

昧爽やとぎれとぎれに金鳳花

Angela Giordano
[Italy]

ranuncoli selvatici
la tua bellezza mediterranea

アンゲラ　ギオルダーノ
［イタリア］

地中海のかがやきを持ち金鳳花

Giuliana Ravaglia
[Italy]

ranuncoli gialli:
aria e sole il primo sguardo

ギウリアナ　ラヴァグリア
［イタリア］

初めての空と太陽金鳳花

Michelle Tilman
[Belgium]

champs de renoncules
entre ses petites mains tout l'or du monde

ミシェル　ティルマン
［ベルギー］

金鳳花世界の金を持つてゐる

Michelle Tilman
［Belgium］

champs de boutons d'or
un peu de la richesse du monde entre ses mains

ミシェル　ティルマン
［ベルギー］

摘みとれば心ゆたけし金鳳花

Dewi Kusmiati
［Indonesia］

buttercup
smile of the bride

デウィル　クスミアティ
［インドネシア］

花嫁の笑顔美し金鳳花

Lidia Mandracchia
［Italy］

una manciata di ranuncoli:
la luce dorata della fanciullezza

リディア　マンドラッチア
［イタリア］

手のひらの金をゆたかに金鳳花

Yuhfen HONG
［Taiwan］

despite the mountain is unknown
buttercups

ユーフェン　ホング
［台湾］

人知らぬ山であろうと金鳳花

薊【あざみ】
azami / thistle / chardon

"thistle"
It is perennial. The leaves are large with deep cuts and a lot of stings. It is purple with head flowers. It blooms from the end of spring to summer.

タンポポ 亜仁寿
[Indonesia]

gravestone with no name
thistle flowers guarding the tomb

タンポポ　アニス
［インドネシア］

花薊名も無き墓を守りをり

Joëlle Ginoux-Duvivier
[France]

premiers chardons
une goutte de sang sur ma broderie..

ジョエル　ジヌー　ヂュヴィヴィエ
［フランス］

花薊刺繍に赤きひとしづく

Rachida Jerbi
[Tunisia]

allée aux chardons
si douce sa petite main dans la mienne

ラチルダ　ジェルビ
［チュニジア］

やはらかき手をいつくしむ薊の道

Igorina Darsa
[Indonesia]

thistle
slowly golden sunset disappears in the valley

イゴリナ　ダルサ
［インドネシア］

花薊渓谷はいま黄金色

Rosa Maria Di Salvatore
［Italy］

fiore di cardo -
una lieve carezza sulla guancia

ローザ マリア ディ サルバトーレ
［イタリア］

野薊や頬ずりといふぬくきもの

- -

Corina Margareta Cristian
［Roumania］

chardon
les mots cachés font mal

コリナ　マーガレタ　クリスティン
［ルーマニア］

隠れたることばの痛き薊かな

- -

Seby Sebi
［Roumania］

thistle -
she tries a new hairdo

セビー セビ
［ルーマニア］

新しき髪型らしく花薊

- -

あとがき

　私は日本では有季定型のグループに属している。具体的にいうと、日本伝統俳句協会と俳人協会である。ここでは季語をとても大切にする。俳句を始めた頃から歳時記を読むのが好きだった私は、本意とともに例句をたくさん読んで、季語の奥深さを知った。さらに序文をいただいた櫂未知子先生からは、毎月、季語の本意と使い方について厳しい授業を受けている。

　日本には様々な歳時記があり、季語は 10,000 語以上あるだろう。それを国際俳句に取り入れるのは難しいと思っていたが、Haiku を始めて 1 年くらい経った頃、私が主宰する「Haiku Column」で季語とその本意を紹介してみた。すると、その季語の投稿欄がみるみる活気づいてきた。三つの季語に対して 2 日で約 400 句も集まる。これは新鮮な発見であった。俳句は季語である、という認識が浸透しているのだと思った。そして、季語別に秀句をまとめてみたら面白いのではないかと考え、この度初めて、「Haiku Column」の例句をもとに『国際歳時記　春』を編むこととした。

　昨年刊行した私の個人句集『詩の欠片』には、世界に通じる季語を「国際季寄せ」として掲出したが、今回はそこから春の季語をピックアップして例句を集めてみた。日本の風土や行事、また、日本特有の伝統的なものは外国人にとって理解しづらく、天文、植物、動物に偏ってしまったのは否めないが、季語が海外の Haiku においても重要なテーマとなっていることは間違いない。

　「Haiku Column」欄で季語の入った句を集めていくと 7,000 句に達した。どうにかまとめられないかとメンバーの投票を交えて、人気の

ある句を優先にして 1,000 句まで絞った。私たちは取り合わせを重んじるグループなので、季語を説明するのではなく、取り合せの絶妙な距離感と響きを大切にしている。

　ところで、これまで色々な国の俳句を見てきたが、季語を好む傾向は、ルーマニア人、インドネシア人、イタリア人に多くみられた。アメリカ人もとても珍しがっているし、フランス人の半数が興味を示す感じであった。

　本書では、まずは一つの季語に対して秀句を 10 句から 30 句集めてみた。そして私の句も例句の最後に載せた。日本の歳時記並みに面白いと思う。なぜなら、発想が新鮮で多様だからである。今後の課題は、夏・秋・冬であるが、例えば秋の暮、秋の風といった日本人特有の感性に由来する季語の本意を理解してくれるかどうか難しい課題である。逆に言うと、各国にはそれぞれの季語や季感があるわけで、そうした海外の季語を学んでいきたいと思っている。これこそが、俳句を通しての真の文化交流ではないかと思う。

　今回は日本語の 17 音訳に初めて挑戦した。日本の俳人の方々にはいくらか読みやすくなったのではないかと思う。本書の刊行にあたり、櫂未知子先生には季語に関する的確な序文をいただくとともに、私の拙い 17 音訳全てに目を通してくださり、感謝の気持ちで一杯である。また、全体を通して諸々のご助言をいただいた角谷昌子先生にも厚く御礼申し上げたい。選句を手伝ってくださった永田満徳氏、翻訳を手伝ってくれた中野千秋さん、季語の本意をいつも書いてくれたアニコさんにも心より感謝申し上げる。

2019 年 11 月

　　　　　　　　　　　　　　　　　　　　　　　　　向瀬美音

Postface

In Japan I participate in the group with Kigo, in fact traditional HAIKU association and Haijin association where Kigo is very important and Kigo represents many meanings.

More over my mentor, one of the greatest haijin in Japan Mrs Michiko Kai, who writes the preface gives me the lesson of HAIKU every month with strict way of the use of Kigo and its meaning.

From the beginning of my learning of HAIKU, I like to read Saijiki and the example haikus of each Kigo. It helped me a lot. In Japan there are many Saijikis and there are more than 10,000 Kigos.

At the beginning I thougth that it is difficult to diffuse the Kigo, but from last year I tried to diffuse Kigos with their meanings and then Kigo Column has becomed exciting. In two days with 3 Kigo, I have 4000 examples HAIKUs. It was a very wonderful discovery. I am convinced that everyone knows that Haiku is a seasonal poetry. I thought that it would be interesting to edite Saijiki, and now I try to make a Saijiki spring. In the last anthology, I gathered Kiyose Kigo collection. I put spring Kigos, Kigo concerning tradition and classic literature are difficult to understand therefore this time I used only nature, plants, animals and weather. I know well that Kigo means culture.

With these Kigos I collected 7000 HAIKUs. I wondered how I can select them. At first, I asked members to vote and I could choose 1500 HAIKUs.

We are a Toriawase group so, we cannot explain Kigo. Toriawase between Kigo and another word is very important and when I found excellent toriawase, I am very happy.

I saw HAIKUs of many countries. The Haijins who likes Kigo are Romanians, Indonesians, Italians. Some Americans are curious about it and half of the French are interested.

At first for one Kigo I collected between 10 and 30 HAIKUs and I put Japanesse members HAIKUs too.

It must be very interesting for Japanese Haijins too because feeling is very fresh.

Next step is that the members can understand the Japanese big Kigo like autumn, wind or the end of autumn. At the same time, I am looking forward to knowing the Kigos of members country and present them in Japan. It must be the real exchange of HAIKU.

This time I tried the translation of 17japanese syllables. It makes easy for the Japanese haijins to read the HAIKUs written by foreigners.
At the end I thank a lot my mentor Kai Michiko for the preface which indicates the accurate importance of Kigo. I thank her a lot to accept to review my translation. I also thank Mrs Masako Kakutani who looked through this book and gave me a lot of advices. I thank also Mitsunori Nagata for the selections of HAIKUs and Aniko Papp who is ready to explain the meaning of Kigo every time. I thank also Chiaki Nakano who helps me a lot in translations.

November 2019

Mine MUKOSE

Postface

Au Japon, je participe au groupe avec Kigo, en fait une association de Haïku traditionnelle et une association de Haijin où Kigo est très important et où Kigo a plusieurs significations.

En plus de mon mentor, une des plus grandes Haijin du Japon, Mme Michiko Kai, qui a écrit la préface, me donne la leçon de Haiku tous les mois avec un sens strict de l'utilisation de Kigo et de sa signification.

Dès le début de mon apprentissage du Haïku, j'aime bien lire le saijiki et les exemples de Haïkus de chaque Kigo. Cela m'a beaucoup aidée. Au Japon, il y a beaucoup de Saijikis et plus de 10 000 Kigos.

Au début, je pensais qu'il était difficile de diffuser le Kigo, mais depuis l'année dernière, j'ai essayé de diffuser les Kigos avec leurs significations, puis Kigo Column est devenu excitant. En deux jours avec 3 Kigos, j'ai reçu 4000 exemples de Haïkus. C'était une découverte merveilleuse. Je suis convaincue que tout le monde sait qu'Haïku est une poésie saisonnière. Je pensais que ce serait intéressant d'éditer un Saijiki et j'essaie maintenant de faire un Saijiki du printemps. Dans la dernière anthologie, j'ai réuni Kiyose collection de Kigos. Je mets des Kigos du printemps, les Kigos concernant la tradition et la littérature classique étant difficiles à comprendre, cette fois-ci, je n'ai utilisé que la nature, les plantes, les animaux et le climat. Je sais bien que Kigo signifie culture.

Avec ces Kigos, j'ai récolté 7 000 haïkus. Je me demandais comment je pouvais faire une sélection. Au début, j'ai demandé aux membres de voter et j'ai pu choisir 1500 haïkus.

Nous sommes un groupe Toriawase, nous ne pouvons donc pas expliquer Kigo. Toriawase entre Kigo et un autre mot est très important et quand j'ai trouvé un excellent toriawase, je suis très heureuse.

J'ai reçu des haïkus de nombreux pays. Les Haijins qui aiment Kigo sont les Roumains, les Indonésiens, les Italiens. Certains Américains sont curieux à ce sujet et la moitié des Français sont intéressés.

Au début, pour un Kigo, j'ai recueilli entre 10 et 30 haïkus et j'ai également proposé aux membres des Haiku japonais.

Cela doit aussi être très intéressant pour les Haijins japonais car l'impression est très fraiche.

La prochaine étape est que les membres comprennent les grands Kigo japonais comme l'automne, le vent ou la fin de l'automne. En même temps, je suis impatiente de connaitre les Kigos des pays membres et de les présenter au Japon. Ce doit être le véritable échange de Haiku.

Cette fois, j'ai essayé la traduction de 17 syllabes japonaises. Cela permet aux haijins japonais de lire facilement les haïkus écrits par foregnes.

A la fin je remercie beaucoup mon mentor Kai Michiko pour la préface qui indique l'importance précise de Kigo. Je la remercie beaucoup d'avoir accepté la révision de mes traductions. Je remercie également Mme Masako Kakutani qui a parcouru ce livre et m'a donné beaucoup de conseils. Je remercie également Mitsunori Nagata pour les sélections de Haikus et Aniko Papp qui est prête à expliquer à chaque fois la signification de Kigo. Je remercie également Chiaki Nakano qui m'aide beaucoup pour les traductions.

Novembre 2019

Mine MUKOSE

編者略歴

向瀬美音（むこうせ みね）　**Mine MUKOSE**

1960 年、東京生まれ。上智大学外国語学部卒業。
2013 年頃から作句を始め、大輪靖宏、山西雅子、櫂未知子から俳句の指導を
受ける。2019 年、第一句集『詩の欠片』上梓。
現在、「HAIKU Column」主宰。俳句大学国際部の機関誌「HAIKU」Vol.1「世
界の俳人 55 人が集うアンソロジー」～ Vol.5「世界の俳人 150 人が集うアン
ソロジー」の編集長兼発行人。
日本伝統俳句協会、俳人協会、国際俳句交流協会、フランス語圏俳句協会
（AFH）、上智句会、「舞」会員。「群青」購読会員。

Née le 5 février 1960.
Diplômée de la faculté des langues étrangères de l Université Sophia (Tokyo).
responsable de [HAIKU Column], éditeur en chef du magazine [HAIKU] du département in-
ternational, 1~4, vol.1 [55 haijins du monde se rassemblent], vol.5 [150 haijins du monde
se rassemblent].
Publié la première collection de phrases «Fragment de poésie» en 2019
Association des haikus traditionnels, Association japonaise des haijins, Association des
haikus internationaux, Association Francophone de haiku, Sophia Kukai, membre de
«Mai», reader de «Gunjo».

Born February 5th 1960.
Graduated from the foreign language department of Sophia University (Tokyo).
Currently, responsible of [HAIKU Column], chief editor of Magazine [HAIKU] of
the international department of Haiku University, 1~4, vol.1 [55 haijins of the world
gathering], vol.5 [150 haijins of the word gathering].
Published the first phrase collection "A piece of poetry" in 2019.
Traditional haikus association, Haijins, Japanese association, International haikus
association, French haiku association, Sophia Kukai, member of "Mai", reader of
"Gunjo".

現住所　〒 160-0011　東京都新宿区若葉 1-21-4-405

国際歳時記　春
International Saijiki　Spring
Saijiki international　Printemps

2020 年 3 月 25 日　初版発行

編　者　　向瀬美音

発行者　　鈴木　忍

発行所　　株式会社 朔出版
　　　　　郵便番号173-0021
　　　　　東京都板橋区弥生町49-12-501
　　　　　電話　03-5926-4386
　　　　　振替　00140-0-673315
　　　　　https://www.saku-shuppan.com/　E-mail　info@saku-pub.com

翻　訳　　向瀬美音（俳句監修　櫂 未知子）

編集委員　アニコ Papp　永田満徳　中野千秋

装丁装画　奥村靫正 / TSTJ

印刷製本　中央精版印刷株式会社

©Mine Mukose 2020 Printed in Japan
ISBN978-4-908978-37-1　C0392